U0064013

在這裏，最舒服的日子永遠是昨天；
獵人學校最重要的規則就是沒規則。

天鷹戰記

天鷹戰記 ❶

集結！獵人特訓營

八路——著

責任編輯：心澈／裝幀設計：瀝青／排版：陳美連／印務：劉漢舉

出版／中華教育

香港北角英皇道 499 號北角工業大廈 1 樓 B

電話：（852）2137 2338　　傳真：（852）2713 8202

電子郵件：info@chunghwabook.com.hk

網址：http://www.chunghwabook.com.hk

發行／香港聯合書刊物流有限公司

香港新界大埔汀麗路 36 號中華商務印刷大廈 3 字樓

電話：（852）2150 2100　　傳真：（852）2407 3062

電子郵件：info@suplogistics.com.hk

印刷／美雅印刷製本有限公司

香港觀塘榮業街 6 號 海濱工業大廈 4 樓 A 室

版次／2018 年 3 月第 1 版
2018 年 9 月第 1 版第 2 次印刷

© 2018 中華教育

規格／32 開（210mm x 148mm）

ISBN ／ 978-988-8512-33-1

本書經由接力出版社獨家授權繁體字版
在中國內地以外地區出版發行

天鷹戰記

1

集結！獵人特訓營

八路——著

角色介紹

代號
翼龍 楊大龍

選拔自少年特戰隊，曾是全軍聞名的少年狙擊手。他性格沉穩，臨危不亂，理想是成為一名三棲特種兵，戰鬥機飛行員。

代號
白頭翁 歐陽山峰

選拔自海軍陸戰隊的雪豹小隊，因額頭有一縷銀白色的頭髮而得名。他性格張揚，富於謀略。

代號
黃雀 夏小米

選拔自少年軍校的飛龍小隊，聰穎過人，過目不忘，有點小傲氣。

代號
戰鷹 帥克

選拔自少年軍校的飛龍
小隊，是個有點小聰明
的人。他的理想是駕駛
一架攻擊機，在最前沿
的戰線上對步兵作戰進
行火力支援。

代號
雨燕 關悅

選拔自少年特戰隊，曾
是全軍聞名的情報專家。
她是電腦高手，善於破
解密碼，理想是成為一
名預警機飛行員。

目
錄

天鷹戰記

第 一 章

初 見 的 戰 爭

LOADING...

　　「在這裏，最舒服的日子永遠是昨天。」剛剛進入獵人
特訓營的大門，楊大龍便被印在牆壁上的這句話吸引了。

　　楊大龍，曾是全軍赫赫有名的少年特戰隊的隊員，更是
名聲在外的少年狙擊手。少年成名讓他有些狂妄，甚至不把
教官放在眼裏。

　　此時，他正背着一個半人高的大背囊站在營房的門口，
手裏還提着一個迷彩包。兩個背包裏面裝的便是他的全部家
當。作為一名軍人，一紙調令就可以把他召喚到祖國的任何
一個地方，任何一個崗位。

　　楊大龍看着既熟悉又陌生的營房和並不寬闊的水泥馬
路，兩側是一個人難以環抱的大白楊，就像整齊列隊的士兵

注視着營區的風吹草動。這裏沒有高層建築，最高的一座樓房只有五層，看樣子應該是辦公樓。所有的營房都塗成了迷彩色，遠遠看去就像長滿了植被的小山。營房前的空地上停放着幾輛裝甲車，還有一門以六十度角直指天空的自行榴彈炮。

這陣勢足以讓一個貿然闖入營區的人望而生畏。可是，楊大龍對這樣的場面早已司空見慣。他停在路口，不知道該往哪裏走。此時，一群身穿特種兵迷彩服的特訓營員邁着整齊的步伐跑進營地。他們的身上、臉上滿是泥漿，露出的手臂上滿是道道帶着血的傷痕。

「取得一切先機，佔領一切地域。」特訓營員們喊着震懾人心的口號，嘴巴一張一合，唯有牙齒是本來的顏色。

「少校同志，我是來獵人特訓營報到的，請問往哪裏走？」楊大龍給一位少校敬了一個軍禮，然後鏗鏘有力地問。

少校停下腳步，並未回答，而是瞪着圓溜溜，甚至透着殺氣的眼睛上下打量楊大龍。楊大龍被他看得有些發毛，再次問道：「請問，我要去獵人特訓營報到，該往哪裏走？」

少校還是沒有回答他的問題，而是問道：「你叫楊大龍？」

「你怎麼知道的？」楊大龍不解。

少校冷冷一笑，指着楊大龍胸前的姓名牌。楊大龍尷尬地一笑，作為回應。

「跟我走吧！」少校依舊沒有回答楊大龍的問題，而是朝前走去。

楊大龍有些遲疑，心想：這個人到底是誰？為甚麼不肯回答我的問題？我該不該跟他走呢？

少校頭也不回地朝前走，根本不管楊大龍是否跟過來。其實，他這是在試探楊大龍，看看這個毛頭小子究竟是甚麼性格。

楊大龍猶豫片刻，還是加快步伐跟了上去。他想，這裏是獵人特訓營，而少校則是獵人特訓營的軍官，總不會欺騙自己吧？

一路上無話，少校在一處營房前停下來對楊大龍說：「這裏就是雄鷹小隊的營房，你進去吧！」

聽到「雄鷹小隊」四個字，楊大龍便知道少校沒有騙自己了。這次，楊大龍之所以來到獵人特訓營，就是因為要加入雄鷹小隊。

雄鷹小隊到底是甚麼來頭呢？這話還得從頭說起。相信各位都知道大名鼎鼎的雷神突擊隊，他們是空軍的特種部隊，精英中的精英。但是，雷神突擊隊只是空降兵，駕駛戰機可就不在行了。於是，空軍決定組建一支陸海空三棲的特種作戰力量 —— 雄鷹小隊。

為甚麼叫雄鷹小隊，而不是雄鷹中隊或雄鷹大隊呢？這個嘛，的確事出有因。首先，從數量上來說，這批隊員是

「試驗品」，規模較小。其次，從年齡上來說，他們挑選自全軍的少年精英，歲數也不大。所以，雄鷹小隊這個稱呼再恰當不過了。

楊大龍還想向少校問些甚麼，但少校卻一言不發地離開了。楊大龍背着背囊準備往營房裏走，剛剛走上台階便聽到頭頂上傳來了轟鳴聲。

不用抬頭，楊大龍就知道那是直升機低飛時發出的聲音。直升機被稱為「一樹之高」的武器，也就是它可以飛行在樹梢的高度，對地面部隊發起猛烈打擊。

此時，楊大龍頭頂的這架武裝直升機突然懸停在營房上空，而且已經低得不能再低了。直升機的旋翼快速轉動，掀起的強大氣流令楊大龍站立不穩。

難道是敵人發起了突然襲擊嗎？作為一名出色的狙擊手，楊大龍條件反射式地將手中提着的迷彩包丟在地上，將手伸到背後去摸他的狙擊槍。可是，狙擊槍在離隊時已經上交了，所以他身上並沒有武器。

一條繩索從空中拋下，落在楊大龍的身邊。他知道這是機降前的準備，說不定馬上就會有敵人從直升機上滑降到地面了。果不其然，當他抬頭看去的時候，發現一名特種兵正雙手抓住繩索，以自由落體般的速度向地面滑來。

雖然沒有武器，但是楊大龍也不能坐以待斃。他不僅是全軍聞名的狙擊手，還是個小有名氣的格鬥高手。從直升機

上滑落到地面的特種兵還沒站穩，楊大龍便以獵豹撲食的速度衝上去，一把將他抱住。

「你是誰？要幹甚麼？」

竟然是個女生的聲音，楊大龍有些懵了，下意識地鬆開了手。

「哈哈，他把你當成敵人了。」頭頂傳來一個男兵的聲音。他的身體已經滑降到中途。

「你……你們是甚麼人？」楊大龍沒有回答女生的問題，而是反問道。

「我們是來獵人特訓營報到，加入雄鷹小隊的。」女兵回答。

楊大龍害臊得一臉通紅，心想自己平時穩穩當當的，今天怎麼如此急躁呢？他趕緊跟女兵道歉：「對不起，是我太魯莽了。」

「說一句對不起就完了？你要對剛才的無禮行為負責。」女兵瞪起眼睛說道。

「我……我怎麼負責啊？」楊大龍結結巴巴地說。

女兵頓時火冒三丈，上前一步朝楊大龍的胸口就是一拳。這一拳力道十足，打得楊大龍連續向後退了幾步。

楊大龍為自己剛才的行為內疚，況且他最不擅長跟女生打交道，於是說：「你要是不解氣，就再打幾拳。」

女兵倒是不客氣，不過這次不是用拳頭，而是抬起了

腳。這一腳要是踹在楊大龍身上，絕對夠他受的。不過，女兵的腳還沒踹出去，就被剛剛從直升機上滑落到地面的男兵攔住了。

「得饒人處且饒人，他又不是故意的。」男兵勸解道。

「你們男兵自然是一個鼻孔出氣，互相包庇了。」女兵怒視着攔住他的男兵，「告訴你，帥克，以前在飛龍小隊你們男兵總喜歡狼狽為奸欺負女兵，在雄鷹小隊我們女兵可不再受你們的欺負了。」

此時，楊大龍才知道男兵叫帥克，而他們是來自飛龍小隊的精英。

「我說蝦米，你可不能信口開河啊。在飛龍小隊的時候，明明是女兵欺負男兵，卻被你歪曲事實，顛倒黑白。」帥克站在楊大龍和這位女兵中間。

楊大龍眨着眼睛，心想這位女兵的名字好有趣。他見這兩位的爭執因自己而起，便從帥克的背後站出來對女兵說：「蝦米，都是我魯莽，再次向你道歉。」

「不許叫我蝦米！你們男兵果然是天然的聯盟，剛剛見面就合起夥來對付我。」說着，女兵一隻手抓住楊大龍的衣領，另一隻手抓住帥克的衣領，想把這兩個討厭的傢伙扔到九霄雲外去……

國防小講堂

武裝直升機

一架武裝直升機突然懸停在楊大龍的上空，他肯定會本能地緊張起來。說到武裝直升機，它可是陸軍航空兵的主戰武器。它最大的優點是不需要專門的機場就可以隨時起飛或降落，而且善於低空飛行。在戰鬥中，武裝直升機主要用來對付地面目標，裝備有火箭彈和對地攻擊導彈。世界上著名的武裝直升機有美國的「阿帕奇」、俄羅斯的「卡-52」，還有中國的「武直-10」。

當然，武裝直升機也有缺點，由於它們被用於對地攻擊，經常採用低空突防的方式戰鬥，所以，一旦被敵人的防空導彈鎖定，被擊落的概率也是很大的。

天鷹戰記

第 二 章

相見恨晚

LOADING...

　　女兵聽楊大龍叫自己「蝦米」，頓時怒火中燒，抓住楊大龍不肯放手。楊大龍一頭霧水，心想自己連連道歉，算是有誠意了吧？可是，這個叫「蝦米」的女兵為何不依不饒呢？

　　「我再也不敢叫你蝦米了。」帥克趕緊求饒，「我以一名未來空軍戰鬥機飛行員的名義發誓，以後再叫你蝦米，就讓我駕駛的戰機從天上掉下來，摔進豬圈裏，讓我變成天蓬元帥。」

　　女兵噗哧一聲笑了，鬆開抓住帥克的手。「你還是那麼油嘴滑舌，算了，饒了你。不過，剛才你發的毒誓不用算數，你掉下來我倒不會心疼，要是把昂貴的戰機摔壞了，我

可會心疼的。」

楊大龍見女兵鬆開了帥克，便學着帥克的樣子說：「我也發誓，再也不叫你蝦米了。不過，你到底叫甚麼啊？」

女兵也放開了楊大龍，一本正經地說：「你這個傻瓜聽好了，本姑娘叫夏小米，夏天的夏，大小的小，米飯的米。」

楊大龍一臉尷尬地笑了起來，心想那個叫帥克的男兵太壞了，竟然把「夏小米」叫成「蝦米」，弄得自己還以為女兵真的叫蝦米呢！

「我叫楊大龍，來自少年特戰隊。」說着，楊大龍伸出手，「以後我們就是戰友了。」

「你就是楊大龍啊！」夏小米一臉驚喜，「你的大名可是如雷貫耳，今天總算見到活的了。」

楊大龍的額頭爬滿黑色的線條，他心想，這個女兵說話還真有意思，莫非她以前見過死的楊大龍不成？

帥克緊緊地握住楊大龍的手，同樣激動地說：「你可是全軍聞名的狙擊高手，哪天我倆切磋一下。」

「浪得虛名而已，我的狙擊技術很是一般。」楊大龍謙虛地說。

三個人不打不相識，剛才還瀰漫着火藥味的氣氛，現在卻顯得其樂融融、一片祥和。他們背起行囊往營房裏走，而此時頭頂上懸停的直升機也已經飛走了。

「你們飛龍小隊真氣派，還專門派直升機送你們過來。」

楊大龍羨慕地說。

「不是專門，只是順路而已。」夏小米朝楊大龍瞇着眼一笑，「以後我們就是雄鷹小隊的隊員了，別再說飛龍小隊或者少年特戰隊了。」

楊大龍回以微笑，心想現在的夏小米與剛才相比簡直判若兩人：現在的是天使，而剛才的則是女魔頭。

「喂，你是不是在內心深處默默地鄙視我？」夏小米見楊大龍不說話，便瞪着眼問他。

楊大龍趕緊搖頭，心想這個女生莫非能看透別人的心思，真是太可怕了。說話間，他們已經走到營房的走廊深處，女兵宿舍在右，男兵宿舍在左，中間有一道用來隔離的鐵門。

「你應該往右拐，我們後會有期。」楊大龍趕緊跟夏小米告別，向男生宿舍的方向快步走去。

看着楊大龍的背影，夏小米自言自語：「我又不是女魔頭，為甚麼他會落荒而逃？」

帥克還沒走出幾步，轉身對夏小米說：「你不是女魔頭，誰信啊？」

「帥克，我警告你，不許在新戰友面前說我的壞話，否則讓你吃不完兜着走！」夏小米朝帥克揮了揮拳頭。

「放心吧，不管怎麼說，我倆是老戰友，我會在別人面前用盡最華麗的辭藻來讚美你的。」說完，帥克朝夏小米做

了一個鬼臉，然後轉身離開。

當帥克來到宿舍的時候，他發現室內除了楊大龍外還有一個人。這個人個頭不高，但是看上去很結實，鼓鼓脹脹的肌肉都快把迷彩服撐破了。不過，這些都不算甚麼，因為在特種部隊這種身材的人一抓一大把。最引起帥克注意的是，這個人的額頭上方有一縷銀白色的頭髮。

「嗨，我叫歐陽山峰，來自海軍陸戰隊的雪豹小隊。」這個人主動迎上來跟帥克打招呼。

帥克心想這個人的名字好有意思，莫非他父親是金庸老先生的讀者，對《射雕英雄傳》過於痴迷，才會給兒子起了這麼一個名字？

「沒錯，我爸喜歡看《射雕英雄傳》，我姓歐陽，所以我爸就給我起名為歐陽山峰，比小說裏的『西毒』歐陽鋒多一個字。」歐陽山峰解釋道。

帥克想，我又沒問他，他怎麼會知道我在想甚麼，竟然主動跟我解釋？

「你不用感到奇怪，所有第一次聽到我名字的人幾乎都會問我同樣的問題，所以我已經習慣在他們發問之前給出解釋了。」歐陽山峰幫帥克卸下身上的背囊，「我來幫你收拾東西。」

帥克笑了笑，心想歐陽山峰人還不錯。「我叫帥克，元帥的帥，克敵制勝的克。」帥克一邊整理東西，一邊自我

介紹。

　　三個從全軍不同部隊選拔出來的少年精英聚集於此，雖初次見面卻感覺相見恨晚，互相介紹着各自原屬部隊的訓練情況。

　　此時，在女兵宿舍裏，夏小米已經把牀鋪好，被子也疊得像刀切的豆腐塊一樣方方正正。空蕩蕩的宿舍裏，只有她孤零零的一個人。夏小米站在窗前，望着窗外那棵形單影隻的馬尾松。這是一棵小松樹，雖然不大，卻給人一種捨我其誰的傲氣。它筆直地挺立在窗前，仿佛也在看着夏小米。

　　「小松樹，你告訴我，難道入選雄鷹小隊的女兵只有我一個人嗎？如果只有我是女兵，那可就慘了，怎麼能對付得了那麼多討厭的男兵呢？」夏小米只能跟小松樹對話。

　　微風吹過，小松樹上的松枝顫動着，仿佛在做出回應。

　　「楊大龍那個臭小子，趁我出去執行任務，竟然一個人提前來報到了。要是讓我見到他，非當面質問他不可！」

　　夏小米正在胡思亂想，外面傳來一位女生的聲音。她頓時興奮起來，歡喜地跑出去迎接，只見一位身穿叢林迷彩，紮着兩個長辮子，皮膚略黑，兩眼炯炯有神的女兵大步邁來。

　　「你是來雄鷹小隊報到的吧？」夏小米走上前去握住這個人的手。

　　「是啊，你也是？」這個人問。

　　夏小米高興得抱住她的腰，歡呼道：「我終於有夥伴了。」

　　新來的女兵有些不適應，尷尬地微微一笑，心想這個女兵也太熱情了吧！夏小米幫新來的女兵提着迷彩包，一起往宿舍走。經過介紹，她才知道新來的女兵叫關悅，竟然是楊大龍以前的隊友。

　　「既然你們是隊友，為甚麼不一起來啊？我和帥克就是一起來的。」夏小米疑惑地看着關悅。

　　「楊大龍這個人很怪的，以後你就知道了。」關悅冷冷地說。

　　夏小米想，楊大龍到底有多怪呢？她對這個名聲在外的狙擊手愈來愈感興趣了。

戰鬥機

帥克向夏小米發誓,如果以後再叫她的外號,就連同自己駕駛的戰鬥機一起摔下來。夏小米可不想這樣的事情發生,不過她倒不是心疼帥克,而是心疼價格昂貴的戰鬥機。

戰鬥機是軍用飛機中的空中格鬥高手,在中國被稱為殲擊機,比如裝備中國空軍的「殲 −10」「殲 −11」「殲 −15」。戰鬥機具有良好的空中機動性能,攜帶空中格鬥用的導彈,還裝備有航炮。

戰鬥機還經常執行空中護航任務,比如護送轟炸機深入敵後執行轟炸任務。現在的戰鬥機也有很多兼具轟炸和對地攻擊的性能。

第三章
不眠之夜

LOADING...

　　獵人特訓營真是一個令人揣摩不透的地方，幾位少年精英報到後，竟然沒有一位負責人出現。整整一天，他們百無聊賴地待在宿舍裏，連午餐和晚餐都沒有人告訴他們去哪裏吃。

　　「幸虧我有存貨。」說着，歐陽山峰從背囊裏掏出幾袋速熱口糧分給楊大龍和帥克，「我們就湊合一下，吃這個吧！」

　　帥克接過一包速熱咖喱米飯，把包裝袋撕開，然後將大約十毫升的冷水倒入其中，再把袋口折疊放在桌子上。他只需要靜靜地等待三五分鐘，咖喱米飯就會被自動加熱，冒出熱騰騰的香氣。

在等待口糧加熱的這段時間裏，宿舍裏的三個人誰也不說話，好像都在想着甚麼。他們可不是初入軍營的菜鳥，都經歷過軍校的歷練，也執行過多次實戰任務，所以表面看似平靜，內心卻早已掀起了波瀾。

「暴風雨到來之前，總是烏雲滿天。」帥克打破了沉默，「我們到這兒之後，連一片烏雲都沒有，說明黑暗的力量正在聚集，不久後將會以火山噴發之勢突然襲來，無可抵擋。」

「帥克，你是少年軍校畢業的，還是文學院畢業的？囉囉唆唆地說些甚麼啊？能不能簡單直接，一針見血？」歐陽山峰問。

帥克拿起冒出熱氣的咖喱米飯，不緊不慢地將折疊的袋口打開，誘人的香氣立刻飄了出來。他拿起勺子，舀了一勺米飯放進嘴裏，口齒不清地對歐陽山峰說：「你啊，就是讀書少，我說得已經夠直白了，還聽不懂嗎？」

歐陽山峰在海軍陸戰隊可是風雲人物，哪裏受過別人的諷刺？他頓時怒火中燒：「你說誰讀書少啊？我雖不敢稱博覽群書，但也算博古通今，尤其精通戰法。」

帥克又舀了一勺米飯放進嘴裏，還是那副不溫不火的表情：「雖然你讀書多，但你的理解能力差，所以不能領會我說的話。」

「你到底想說甚麼，能不能痛快點？你說起話來簡直就像舊社會老太婆的裹腳布又臭又長，令人反胃。」說着，

歐陽山峰把已經加熱好的速熱食品丟到一旁，完全沒有了食欲。

帥克倒是不慌不忙，穩坐如山。「我的意思很簡單，用不了多久我們就會經歷一場驚天地泣鬼神的浩劫。」

這句話倒是說到其他兩個人的心坎裏去了。楊大龍和歐陽山峰也有這種預感。楊大龍不像歐陽山峰那樣坐立不安，也不像帥克那般故弄玄虛，而是面無表情，一言不發，按部就班地把加熱好的口糧填進肚子裏，然後一頭倒在牀上便睡去了。

楊大龍和衣而睡，不久便響起了鼻鼾聲。帥克想，這傢伙倒是吃得飽睡得香，這裏可是獵人特訓營啊，他就不擔心教官突然出現，搞出甚麼花招嗎？

在女兵宿舍，夏小米和關悅倒是相處和諧。她們兩個也是吃了一頓野戰口糧，然後連鞋都沒脫便倒在牀上睡覺了。

兩位女兵都不是等閒之輩，夏小米人稱「百科詞典」，有過目不忘的本領，且富於謀略；關悅是數學奇才，精通密碼學，在破譯情報方面有獨到之處。此外，這兩位女兵都還具有男兵沒有的細膩，已經猜測到今晚必定會有意想不到的事情發生。

「如果要搞突襲，他們也是在深夜，趁我們熟睡的時候進行，所以現在我們可以放心入睡，養精蓄銳。」關悅躺在牀上對夏小米說。

「哼哼」夏小米冷冷一笑，說：「他們別想得逞，我要讓他們看看『軍中花木蘭』的厲害。」

夏小米和關悅口中的「他們」是指獵人特訓營的教官。凡是軍中人士，無論軍銜高低，年齡大小，只要進入獵人特訓營都會被一視同仁，受盡各種非人的磨煉。不能堅持者只能無奈地敲響獵人特訓營的一口銅鐘，當鐘聲響起，就意味着敲鐘人被淘汰了。被淘汰者的照片將被刻在獵人墓碑上，成為活着的「死人」。

獵人學校的教官被稱為獵人殺手，他們會想盡辦法以最苛刻的方式訓練參加集訓的獵人，以保證每一個從獵人特訓營走出去的特種兵都會成為軍中精英。

獵人特訓營的夜與外面的夜並無兩樣。橙黃色的路燈散發着微弱的光，使冰冷、孤寂的夜色中有了一絲絲温暖與光亮。槍聲從遠處傳來，但仍不能打破夜的寧靜。打破寧靜的是樓道裏響起的腳步聲 —— 陸戰靴與水泥地面接觸時發出的聲音，就像每一腳都踩在了人的心臟上。

這裏就像荒野中的墓地，令人不寒而慄。歐陽山峰被腳步聲驚醒。他異常警覺，即便是睡覺時也能察覺到細微的風吹草動。

「估計教官要下手了。」帥克從牀上坐起，一臉興奮的表情。

腳步聲戛然而止，接着十幾分鐘過去了，也沒有再響

起。宿舍裏，帥克和歐陽山峰只能聽到楊大龍微微的鼻鼾聲。楊大龍依舊在沉睡，似乎一切都與他無關。

「真是一頭豬，估計被揮起屠刀的敵人放到案板上，他都不會醒。」帥克小聲地嘟嚷着，心想楊大龍根本不像一個出類拔萃的狙擊手，反而像一個酒囊飯袋。

歐陽山峰卻不這樣想，他認為楊大龍心理素質過硬，即便在狂風暴雨來臨之前也能泰然自若，不是一般人能比的。這樣的人才能成為槍王之王，狙擊精英。

同樣是面對酣睡的楊大龍，帥克和歐陽山峰卻有不同的看法，究竟誰的判斷是正確的呢？

腳步聲消失在走廊的盡頭，遠處的槍聲也停止了。突然，宿舍的窗戶被人從外面推開。緊接着，幾個圓溜溜的東

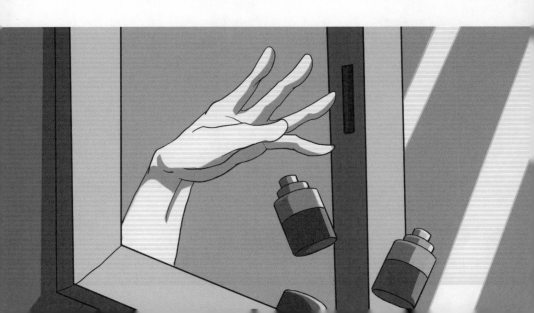

西被扔進了宿舍，骨碌骨碌滾到了牀底下。濃煙從圓溜溜的東西裏迅猛冒出，瞬間便將宿舍變成了一個「毒氣室」。

「果然不出我所料，狠毒的教官終於下手了。」帥克大喊一聲，從牀上跳下來。

此時，歐陽山峰已經被嗆得一把鼻涕一把淚，用袖子摀住口鼻準備往外衝。可是，那個楊大龍卻還躺在牀上，微微地打着鼻鼾。作為一名特種兵，一位出色的狙擊手，楊大龍不可能如此沒有警惕性，難道他另有打算嗎？

速熱口糧

來到獵人學校的第一天，少年們只能將就着吃了一頓速熱口糧。這是一種極為方便的野戰食品，已經被廣泛用於部隊的野外訓練。

加熱這種食品很簡單，將外包裝袋打開後，取五至十毫升的冷水倒入其中。食品被密封在一個內包裝袋裏，外包裝袋和內包裝袋之間有一個發熱包。這個發熱包在遇到水後就會發熱，在很短的時間內就會將內包裝袋裏的食物加熱。

速熱口糧的品種十分豐富，有包括米飯和麵條在內的各種套餐，比如咖喱牛肉飯、宮保雞丁飯、番茄雞蛋麵等等。

第四章
智擒教官

LOADING...

　　楊大龍並非在酣睡，其實他早就醒了。只不過，他在以不變應萬變，以免再鬧出笑話。「一朝被蛇咬，十年怕草繩。」楊大龍初到獵人特訓營就由於過度警惕，把帥克和夏小米當成了從空中突襲而來的敵人，竟然還把夏小米看成了男生，一把抱住。現在想想，楊大龍都覺得丟人。他是誰啊？他是全軍聞名的狙擊高手，再這樣下去，他擔心自己會成為全軍官兵茶餘飯後的笑柄。

　　吃一塹，長一智。楊大龍決定不再貿然行動，而是要三思而後行。所以，即便他發現宿舍中被投進來幾枚毒氣手榴彈，卻依舊穩穩地躺在牀上裝睡。

　　帥克和歐陽山峰可沉不住氣，早就奪門而逃了。可是，

他們兩個剛剛衝出門口，就被衝上來的幾個蒙面大漢牢牢地按住了。

「你們是甚麼人，竟然敢偷襲我？」帥克叫囂着，使勁扭動着身體，但是卻無濟於事。

「兄弟，你就省省力氣吧！」歐陽山峰竟然放棄了抵抗，「難道你還沒看出來嗎？他們早就準備得萬無一失，要把我們降伏了。」

「卑鄙，無恥，暗箭傷人算甚麼英雄？有本事跟我單挑！」帥克大喊。

那幾個蒙面大漢一言不發，協力將帥克和歐陽山峰抬起來就往外走。走出營房，帥克和歐陽山峰的眼睛被一塊黑布蒙上，手腳也被捆綁起來。然後，他們感覺到自己被扔進了一輛越野車裏。

「你們到底是甚麼人，想要幹甚麼？」帥克還在撕心裂肺地大喊，「我們是來獵人學校參加集訓的，不是你們的囚犯，你們沒有權力這樣對待我們。」

任憑帥克怎樣大喊，根本就沒有人回應。歐陽山峰用手肘捅了捅帥克，警告道：「別再喊了，否則會死得更慘！」

「怎麼就兩個男兵？另外一個呢？」

帥克和歐陽山峰聽到一個人在車外質問那幾個蒙面大漢。

「我們只看到兩個人衝出來，難道屋裏還有一個嗎？」

其中一個蒙面人回答。

那個發問的人不再說話，而是快步朝營房走去，他在想，不會是毒氣彈把另外一名男兵熏暈了吧？很快，他來到宿舍門前。門開着，屋裏還在向外冒着濃煙。他急步衝進宿舍，來到楊大龍的牀前，看到被子下面有一個人還在蒙頭大睡。

「沒有警惕性的傢伙，果然在熟睡中被熏暈了。你是我見過的最差的特訓營員。」他說着，掀開了楊大龍的被子。

結果，眼前的一幕令他驚呆了：被子下面根本就沒有人，取而代之的是一個圓滾滾的大背囊。他的腦袋頓時嗡了一聲，心想自己被暗算了。雖然他意識到了這一點，但是卻已經沒有機會逃脫了。因為，此時一雙大手從牀底下猛地伸出，抓住了他的雙腳。

　　沒錯，楊大龍早就悄悄地藏到了牀底下。他抓住這個人的雙腳用力一拉。這個人毫無防備地被拉得仰面朝天向後倒去，後腦勺狠狠地磕在堅硬的水泥地上，頓時眼冒金星。

　　楊大龍像一條泥鰍，咻溜一下從牀底下鑽出來，騎在他的身上。這個人沒想到會被偷襲，所以進屋時也就沒有戴防毒面具。楊大龍卻與之相反，早就提前戴好了防毒面具。

　　屋內濃煙瀰漫，被楊大龍騎在身上的人想反抗，但是卻因為在毒氣瀰漫的屋內待得過久而喪失了反抗能力。楊大龍用背包繩將其捆好，然後把他拖出宿舍。

　　借助樓道裏的燈光，楊大龍這才發現此人正是白天報到時遇到的那個少校軍官。他暗自發笑，心想這個人肯定就是雄鷹小隊的教官，而自己卻把教官給制伏了，這必將成為一個傳說。

　　就在此時，那幾個蒙面大漢再次衝到樓道裏，看到教官已經被楊大龍擒獲，簡直不敢相信自己的眼睛。其中一個大喊：「秦教官，你沒事吧？」

　　楊大龍這才知道此人姓秦，於是朝那幾個蒙面大漢喊：「你們的秦教官毫髮無損，只是睡着了而已。還有，你們快把面罩摘了吧，這些小兒科，在特種兵訓練營的時候教官早就跟我們玩過了。」

　　那幾個大漢摘下面罩，露出廬山真面目。楊大龍雖然不認識他們，但卻可以肯定這些人就是今天上午看到的特訓營

中的成員。

「我的戰友們呢？」楊大龍問。

「他們早就成為階下囚了。」其中一個人回答。

楊大龍冷冷一笑：「不如我們做個交易，我放了秦教官，你們放了我的戰友。」

這幾個人互相對視，沒有人回答。因為他們都不是這次行動的指揮官，而真正的指揮官已成了楊大龍的俘虜。

「你們不說話就是默默地答應了。」楊大龍解開綁住秦教官的背包繩，將他攙扶到另外幾個人身邊。

那幾個人一時間手足無措，因為現在所發生的一切都在他們的預案之外。其中一個人扶住秦教官，對楊大龍說：「算你小子狠，我們騎驢看帳本 —— 走着瞧。」說完，這幾個人扶着秦教官離開了。

楊大龍摘下防毒面具，走到營房外，看到那輛越野車已經開走了，而地上卻丟着幾個被綁住手腳、蒙住眼睛的人。

楊大龍走上前去，趕緊摘掉蒙在他們眼上的黑布。帥克還沒看清面前的人是誰，就嚷道：「你想怎麼樣？我帥克可不是好惹的，要殺要剮隨你！」

「喂，你亂叫甚麼？也不看看面前的人是誰。」夏小米瞪着帥克，真為自己這個老戰友感到羞愧。

「咦，怎麼是你啊？」帥克一頭霧水，「偷襲我們的人呢？哦，我知道了，原來你跟他們是一夥的，怪不得我們往

外逃的時候，你卻裝作熟睡。」

大多數人都感到奇怪，唯獨關悅絲毫不懷疑楊大龍，因為她和楊大龍曾是少年特戰隊的親密戰友。「你們別亂猜了，肯定是楊大龍戰勝了偷襲我們的人，所以我們應該感謝他！」

夏小米立刻用崇拜的眼神看着楊大龍，花痴一般地說：「全軍赫赫有名的狙擊手就是不一樣，怪不得關悅跟我說你的本事無人能及呢！」她本以為關悅是在吹噓，現在一看果然名不虛傳。

楊大龍的臉皮薄，別人一誇他，他就會臉紅。在一五一十地描述了剛才所發生的事情後，其他人無不佩服地朝他豎起大拇指。但是，帥克和歐陽山峰的內心深處卻泛起了絲絲的妒忌，暗下決心，一定要在今後的訓練中超過楊大龍。

遠處的槍聲再次響起，他們知道，這裏就是沒有硝煙的戰場，一個允許流血、流汗，卻不能流淚的地方。自從踏入這裏，他們便別無選擇，因為他們已經做出選擇 —— 為國家、責任和榮譽戰鬥到底。

國防小講堂

防毒面具

楊大龍早已悄悄地戴好防毒面具，所以才能躲在充滿毒氣的屋裏偷襲教官。下面我們看看防毒面具是如何發明的。

第一次世界大戰期間，於 1915 年 4 月，德軍向英法軍隊施放毒氣，使 5000 名官兵中毒死亡，這便是世界軍事史上首次大規模的毒氣戰。毒氣戰之後，軍方驚奇地發現陣地上大量的野生動物相繼死亡，唯獨野豬安然無恙。原來，嗅到強烈的刺激氣味時，野豬會用力地把鼻子埋在土裏。也就是說，鬆軟的土壤顆粒吸附和過濾了毒氣，使牠們倖免於難。受此啟發，根據泥土能濾毒的原理，科學家選中了既能吸附有毒物質又能使空氣暢通的木炭作為過濾材料，設計製造出世界上首批野豬嘴形狀的防毒面具。

第五章
好戲上演

LOADING...

　　天地玄黃，宇宙洪荒；獵人集訓，渾身是傷。在軍中誰都知道獵人學校是比地獄還可怕的地方，但卻還有那麼多人夢想着能夠參加獵人集訓，因為能從這裏走出去的人都會成為當之無愧的兵王。

　　到達獵人學校後的第一夜頗具戲劇性，教官不但沒有給雄鷹小隊的幾位少年來個下馬威，反而讓他們反敗為勝，贏了第一局。

　　第二天一大早，雄鷹小隊的教官便帶着幾個特種兵出現在雄鷹小隊的營房前。哨音響起，緊接着一名特種兵在樓道裏高喊：「雄鷹小隊馬上集合。」

　　在男兵宿舍和女兵宿舍裏，雄鷹小隊的這幾位隊員直到天快亮的時候才敢睡着，所以他們都不情願地從牀上爬起

來。衣服和鞋子一直沒有脫，他們將單兵裝備背在身上就往外跑。

很快，少年們跑到營房前整齊列隊。楊大龍看到站在他們面前的教官真是昨晚那位秦教官。

「我叫秦天，是你們在獵人學校的教官，也就是說從獵人學校結業之前，你們都由我來負責訓練。」秦天惡狠狠地說。

楊大龍心想，你還好意思說自己是教官，難道忘記了昨晚的經歷？

「秦教官好帥啊！」夏小米完全沒有聽進教官的話，而是小聲對旁邊的關悅說。

「是啊，」關悅也低聲說，「我早聽說過秦天這個人，據說是空軍雷神突擊隊的高手，參加過國際特種兵比武，拿了好幾個單項第一。」

兩位女生的竊竊私語，被秦天發現了，他瞪着眼睛朝她們吼道：「把你們的嘴巴閉上，不然就捲鋪蓋走人。」

夏小米和關悅趕緊閉上嘴，都在想：秦教官好兇啊！

「既然來到獵人學校，我就要把獵人特訓營的規矩講給你們聽。」秦天兇神惡煞一般地說，「這裏的規矩就是沒規矩，教官可以用任何方式和方法來訓練隊員，而隊員必須絕對服從。如果違抗命令就會被開除，而如果不能堅持下來，就請去敲營房前的那口鐘，只要鐘聲一響，你就可以解脫了。」

「我們是絕對不會去敲鐘的。」歐陽山峰說,「別忘了,我們加入雄鷹小隊之前就是特種兵。甚麼是特種兵?特種兵就是特別有種的兵。只有沒種的兵才會去敲那口鐘。」

「對,我們是特種兵,特別有種的兵!」其他人跟着歐陽山峰振臂高呼。

秦天沒有說話,只是冷冷地一笑。作為獵人學校的教官,這樣的場面他見得多了。能夠進入獵人特訓營的兵又有哪個不是特種兵呢?可到頭來,還是有一些人無法經受魔鬼般的訓練,而不得不去敲響那口鐘。

說實話,當他接到訓練雄鷹小隊的任務時,他是抗拒的。雖然雄鷹小隊的隊員選拔自全軍,而且是經過嚴格挑選的少年特種兵,但畢竟他們的年齡偏小。訓練這樣一些特殊的士兵,讓秦天有些無所適從。他不知道該不該用訓練傳統特種兵的那些殘酷手段去訓練這些少年。

但是,經過昨晚的事情後,秦天改變了最初的想法。這些少年特種兵比他想像的要難對付。以往,從未有人能將自己生擒,而昨晚自己竟然被楊大龍生擒了。這事要是傳出去,絕對是好說不好聽啊!秦天在重新認識了這些少年特種兵後,決定以更加嚴酷的方式來訓練他們。

此外,在接受這次任務的時候,空軍司令部的雷少將對他說,雄鷹小隊是空軍改革的一個測試工程。空軍的兵種劃分以往過於細緻,空降兵、防空兵、雷達兵、飛行員等兵種

各司其職，互不相通。雄鷹小隊的建立則將打破這一限制，他們要培養一批精通空軍各個兵種和專業的全能兵王，成為空軍的拳頭力量。

也就是說，雄鷹小隊的培養能否成功，將直接決定高層是否會全方位開展這種培養模式。所以，秦教官感覺自己的使命艱巨，責任重大，也就會以更加嚴格的標準來訓練這些「試驗品」。

「既然你們自稱是特別有種的兵，那麼就用事實來向我證明吧！」秦天瞇起眼睛看着面前的隊員們，「當然，事實也有可能證明你們說的是妄言。」

楊大龍始終沒有說話，只是在默默地觀察着秦教官，這是一名狙擊手的職業病。他早就聽說過秦天，也相信所傳非虛，至於昨晚自己能擒獲教官，只是僥倖而已。正所謂老虎也有打瞌睡的時候呢，楊大龍認為昨晚教官是因為輕敵才失手的。

「每個人到車上扛一個彈藥箱，跟我走！」秦天不再多說，馬上就要動真格的了。

教官的話就是命令，要絕對服從，雄鷹小隊的人不是第一天當兵，自然懂這個規矩。他們有序地從路邊的「猛士」越野車中搬出彈藥箱，扛在了肩上。

「不是空箱子，裏面真有彈藥。」帥克感覺彈藥箱至少有二十公斤重。

歐陽山峰側目看着帥克，略帶嘲諷地說：「不會這點重

量就把你壓垮了吧？」

「就是把你也扛在肩膀上，我都能一口氣跑十公里。」帥克的鼻孔簡直要噴出火了。

歐陽山峰沒再說話，只是憋着一口氣，暗暗發誓一定要把帥克拋在後面，讓他對自己心服口服外加佩服。

「報告教官，我們是女兵，卻和男兵扛的彈藥箱重量相同，這不公平！」夏小米抗議道。

秦教官的臉上既沒有憤怒，也沒有微笑，而是一副不陰不陽的表情。「這是我第一次聽到這樣的問題，希望也是最後一次。你給我記住，在這裏沒有男兵和女兵之分，只有一種兵，那就是特種兵！」最後三個字秦教官說得特別有力，好像炮彈出膛一般，震得夏小米不敢再多說一句話了。

秦教官坐進越野車，發動汽車之後，一踩油門，汽車猛地衝了出去。一開始，雄鷹小隊的少年們站在原地發呆，然而，沒過幾秒鐘，他們就明白教官的意思了。秦教官是要他們扛着彈藥箱跟在越野車的後面跑啊！

「甚麼秦教官啊，我看簡直是禽獸，對女生也不照顧。」夏小米嘟嚷着，和其他人一起扛着彈藥箱在越野車的後面跑了起來。

從此以後，教官秦天有了一個別號——「禽（秦）獸」。

既然是禽獸，那就要拿出禽獸的姿態來。當越野車開出獵人學校的營區後，秦天加大油門，汽車像一頭發狂的野獸，咆哮着向前衝去。

在車後，沙塵揚起，把跟在後面的雄鷹小隊困在其中，令他們猶如身臨毒氣地帶一般，嗆得喘不過氣來。每個人都在心裏默默地把教官罵了一百遍，他們覺得，教官不是在訓練他們，而是在肆無忌憚地整治他們。

穿越煙塵地帶，雄鷹小隊的隊員們紛紛往地上吐着唾沫，想把嘴裏的沙子吐出來。此時，他們的迷彩服已經被一層黃色的沙塵覆蓋，看不出本來的顏色了。

「車，教官的越野車呢？」關悅望着前方，驚慌地喊。

其他人不再把嘴裏的泥沙往外吐，也都抬頭去尋找越野車。結果，誰也沒有找到越野車的蹤影。車不見了，他們該往哪裏跑呢？

國防小講堂

空降兵

獵人學校的教官來自空降兵的特種部隊 —— 雷神突擊隊。空降兵是通過跳傘方式空降到前線或敵軍後方的機動作戰力量。首先，跳傘本身就是高風險的事情，而且是在敵人的火力威脅下跳傘，自然就更危險了。其次，空降兵降落到敵後，往往不能攜帶重型武器，一旦被敵人發現就會被快速包圍，處於被動挨打的局面，所以空降兵往往自嘲為「被圍殲的部隊」。

雖然空降兵是高風險的兵種，但空降卻是在敵後或前線投送兵力的最快方式，能夠達到「出其不意，攻其不備」的作戰效果。

第 六 章
狡猾的教官

LOADING...

　　夏小米把彈藥箱放在地上，喘着粗氣，額頭的汗像溪水一樣向下流，在滿臉的泥沙上沖出幾條清晰的「水道」。在雄鷹小隊的幾個人中，夏小米是最嬌小的一位，體力也相對較差。

　　「地上有車轍印，我們沿着車轍印追就可以了。」帥克扛着彈藥箱說。

　　「難道我們沒看到車轍印嗎？」歐陽山峰歪頭看着帥克，「教官明明開的是一輛車，可是你們看，這裏卻莫名其妙地出現了兩輛車的車轍印，而且是朝着不同方向開走的。」

　　的確如此，在他們面前出現了分道揚鑣的兩輛車的轍印。莫非教官早已在此處安排了另一輛車，以此來迷惑我

們？楊大龍這樣猜測着。

「我們向左追！」短暫的猶豫之後，楊大龍說。他曾是一名出色的狙擊手，最善於觀察每一個細微的環節，甚至是生活中的蛛絲馬迹。

「為甚麼往左追？」夏小米發出質疑。

「別問為甚麼，相信楊大龍肯定沒錯！」關悅搶先回答。她和楊大龍曾是多年的隊友，自然因為了解而毫無條件地信任。

可是，其他人並不信任楊大龍，尤其是帥克，他要和夏小米站在一條戰線上，因為他們畢竟是一起被選拔進來的。「這兩輛車的車轍印大小相同，根本無法辨別出哪輛車是秦教官的車。」

楊大龍的嘴角微微上揚，心中暗想這個帥克還算精明，已經注意到了從車轍印上來區分車輛。但是，他卻沒有注意到更細微的環節。

「秦教官的車一直處於行駛狀態，所以車轍印會始終如一。那輛提前停在這裏的車則不然，它是從靜止狀態到運動狀態，必然有一個加速的過程，所以剛開始啟動時，輪胎會因突然加力而轉動，車轍印也就會加深。」楊大龍分析道。

夏小米佩服得連連點頭，仔細觀察地面上的車轍印，發現果然如楊大龍所說，她不由得讚歎：「不愧是首屈一指的狙擊手，眼力就是獨到。」

　　既然已經判斷出秦教官的車開往了哪個方向，他們便扛着彈藥箱繼續向前狂奔。歐陽山峰心想，秦教官也太小看我們了，負重奔襲對我們這些特種兵來說簡直是小菜一碟。

　　的確，他們早已經是特種兵了，像這種強度的訓練對他們來說並不新鮮。夏小米和關悅雖是女兵，但憑藉頑強的意志，也能夠堅持下來。

　　烈日當頭，負重奔襲的少年們把握着完美的節奏，沿着車轍印向前追去。節奏很重要，不僅僅音樂需要節奏，長途奔襲更需要節奏。所謂的節奏就是步速要與心率相互配合，二者總在同一韻律中一唱一和，否則人很快就會感到疲憊，從而使意志崩潰。

　　令人崩潰的往往不是體力與耐力的極限挑戰，而是充滿希望後卻面對失望。雄鷹小隊的少年們滿懷希望，堅信在車轍印的盡頭一定能見到秦教官的車，並用事實向教官證明他們是出色的、永不退縮的未來空軍精英。

　　事實上，在負重奔襲了大約十公里後，他們的確看到前面停着一輛越野車。帥克興奮地大喊：「就是那輛車，即使燒成灰我也認識它。」

　　「教官就在前面了，戰友們衝啊！」歐陽山峰一聲大喊，如同吹響了衝鋒號。

　　不管是男兵還是女兵，都以衝鋒的速度向那輛停在大樹下的越野車衝去，生怕自己落後於隊友。即便身負五六公斤

的單兵裝備，扛着一個重達二十公斤的彈藥箱，歐陽山峰仍然能夠在長途奔襲後瞬間爆發出無限的潛能，就像一頭發現獵物的豹子，以閃電般的速度衝到越野車旁。

「我是第一，誰也別想跟我爭。」歐陽山峰把彈藥箱放在地上，轉過身來，擦着額頭的汗，趾高氣揚地對後來者說。其實，他的袖子早就被汗水浸透了，所以用它來擦額頭的汗已經毫無意義。

隨後趕到的楊大龍同樣把彈藥箱平穩地放到地上，頓時感覺如釋重負，渾身上下都輕鬆起來。

「秦教官，我們到了。」夏小米的聲音最響亮，不但沒有疲憊的感覺，還帶有幾分歡快。

隊員都到齊之後，車門被推開了。一隻穿着陸戰靴的腳

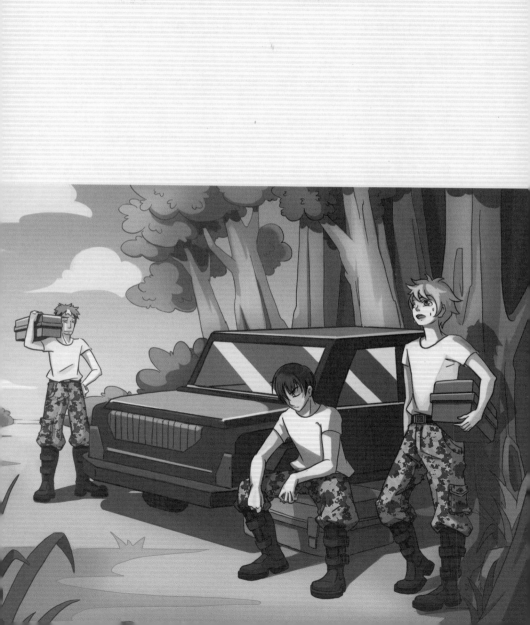

不緊不慢地邁出來，隨後是一對大長腿和粗壯的上身。可是，當那張臉露出來時，隊員們不禁驚呼起來。

「咦，怎麼不是秦教官？」帥克無法接受眼前的事實，轉頭質問楊大龍，「當初你分析得頭頭是道，現在又如何解釋？」

「這——」楊大龍也是一頭霧水，心想，難道自己分析錯了嗎？

從越野車上走下來一位身高一米八開外的特種兵，他皮笑肉不笑地說：「我是獵人特訓營的高教官，不知道你們為何追着我的車跑呢？」

「高教官，您就別揣着明白裝糊塗了，這一切都是您和秦教官設計好的，對吧？」關悅乾脆坐在了彈藥箱上，抬着頭問。

「既然你們已經看出來了，我就不跟你們廢話了，我們後會有期。」說完，高教官竟然轉身進了越野車，然後發動汽車準備離開。

帥克用力地敲着越野車的車窗，喊道：「高教官，你走了，我們怎麼辦啊？」帥克朝車裏大喊。可惜，汽車已經開動，車窗也向上搖起，高教官沒有再說話，只是用嗆人的尾氣作為最後的回應。

看着一溜煙開走的汽車，少年們有的朝它豎起了中間那根手指，有的急得從地上跳起來，有的一拳砸在彈藥箱上，

有的仰天長歎，唯獨楊大龍在皺眉深思。

「看你的眉頭皺得能夾死一隻蟑螂了。」帥克諷刺道，「你就是絞盡腦汁，也不會想明白為甚麼這輛車裏的是高教官，而非秦教官。」

看到帥克針對楊大龍，站在一旁的關悅不高興了。「你少馬後炮！少說一句，沒人把你當啞巴。」

帥克轉頭瞪着關悅。關悅上前一步，也瞪着帥克。兩個人怒目圓睜，臉都快貼到一起了，一場戰爭似乎隨時可能爆發。

楊大龍不愧是狙擊手，外界的干擾竟然對他沒有絲毫影響。此時，他的腦海中浮現出兩輛車的轍印分開之地的畫面，尋找着任何可疑的線索。突然，他的腦海中躍出一幅畫面，瞬間令他恍然大悟。

「原來如此，教官使的是聲東擊西之計啊！」突然，楊大龍大喊一聲。

帥克和關悅不再針鋒相對，其他人也將目光轉向楊大龍，期待着他給出答案。

狙擊手

楊大龍在進入獵人學校之前是一位全軍聞名的狙擊手，具有超人的洞察力。所謂狙擊手，就是經過特殊訓練，掌握精確射擊、偽裝和偵察技能的射手。

在傳統的陸戰中，狙擊手的行動往往能起到至關重要的作用，比如狙殺敵軍的首領。在現代作戰中，狙擊手也是特種作戰的關鍵人物。比如，在解救人質的行動中，狙擊手往往決定着整個行動的成敗。

當然，不是每一名士兵都能成為狙擊手。除了需要勤奮之外，狙擊手還需要某些與生俱來的天賦，比如沉穩、敏銳，以及良好的判斷力。

第七章

永不放棄

LOADING...

楊大龍能夠夾死蟑螂的眉頭終於舒展開來,就像一張鋪平的紙,看不到一絲的褶皺。

「你到底想到甚麼了?快說啊,別故弄玄虛!」帥克逼問道。

關悅恨不得用眼神殺傷帥克,兩眼冒出帶電的兇光朝他吼道:「你就洗耳恭聽吧,別再像扣動了扳機的機關槍那樣吵個不停了。」

帥克不再說話,但嘴卻噘得足以拴住一頭毛驢。他暗暗地想:我就等你給出答案,如果不能說服大家,就別怪我嘴上無德了。

「還記得兩輛車分開的地方嗎?我們本以為秦教官的車

會不做停留，而另一輛車是從靜止狀態加速的。」楊大龍一邊說，一邊盤算着，那兩輛車的行駛狀態在他的腦海中浮現。

「拜託，不是我們這樣以為，而是你堅持這樣說，我們才勉強相信的。」帥克一直在尋找反駁楊大龍的機會。

「閉嘴，聽楊大龍繼續說。」拔刀相助的人依舊是關悅。

楊大龍並不在乎帥克的話，這是他最與眾不同的地方 —— 從來不在乎別人怎麼看，怎麼說。他繼續分析：「其實，教官比我想像的要狡猾。昨晚，他被我暗算後，肯定對我們增加了提防之心。所以，秦教官的車故意停下來，而高教官的車則在沙塵之中便早已混入行駛路線。就這樣，秦教官故意從停止狀態加速，而且故意向後倒車，使地面的輪胎痕迹變得明顯，從而誤導我們。」此時，楊大龍的腦海中出現的是地面的車轍印，他清晰地記得車輪是先向後倒動，然後才加速的。

「秦教官簡直比狐狸還狡猾，這分明就是聲東擊西之計。」關悅連連點頭。

「豈止是狐狸，而且是老狐狸，老得掉毛的狐狸精。」夏小米憤憤地說，「他這是在報昨晚之仇，想挽回顏面。」

「唉 ——」歐陽山峰長歎一聲，「誰讓他是教官呢！『人為刀俎，我為魚肉。』只好任其宰割。」

一陣牢騷之後，雄鷹小隊的少年們再次扛起彈藥箱準備

返回到兩車分離之地，然後沿着另一輛車的轍印尋找秦教官。這是在被戲弄之後的再出發，自然沒有了第一次出發時的熱情和動力。此外，他們是一大早就被拖出來訓練的，根本沒吃早飯，此時肚子已經餓得咕咕叫了。

楊大龍依舊是一言不發，扛着彈藥箱衝在最前頭。來時是下坡路，回程則是上坡，所以他們需要費更大的力氣。說實話，楊大龍的兩條腿已經開始發軟，步伐和頻率都在無法抗拒地變小。但是，他這個人有一股不服輸的倔強勁頭，認定的事情便絕不會低頭。所以，楊大龍頭也不回，憑藉頑強的毅力奮勇前行。

關悅和楊大龍都出自少年特戰隊，自然會與楊大龍同甘共苦，所以一直緊緊地跟在他身後。歐陽山峰這小子，有點狂妄，但的確有些本事，雖然落後於楊大龍和關悅，但實際上他有所保留。他有自己的小算盤，不想讓其他人過早地知道自己的真實水準，這樣才能「不鳴則已，一鳴驚人」。

帥克滿腹牢騷，毅力自然也就被瓦解過半，所以吃力地跟在後面。人就是這樣，一旦精神垮塌，身體就會像一攤爛泥那樣癱軟下來。

「帥克，我們要加快一下速度，不然會被他們甩在後面的。」緊跟着帥克的夏小米說。

「我們為甚麼要聽楊大龍的？」帥克不耐煩地回應：「他以為自己是誰啊？要不是聽他的，我們也不會多跑冤枉路。」

夏小米覺得帥克說的也對，心想她和帥克都是飛龍小隊的精英，憑甚麼來到空軍的雄鷹小隊就要聽楊大龍的呢？

　　這兩個傢伙自然而然地對楊大龍產生了抗拒，或者說認為飛龍小隊不比少年特戰隊差，所以也就慢慢地脫離了前面的隊伍。

　　當回到兩輛車分離的地點時，楊大龍一隻手扶着扛在肩上的彈藥箱，一隻手扶着膝蓋，彎着腰任憑汗水滴答滴答地落到乾涸的沙土地上。黃色的沙土貪婪地吸收着滴落的汗水，甚至想要把站在地上的人也拖到沙土中吸乾。

　　楊大龍並未回頭，只是低頭仔細地觀察着地面的車轍印。地面的車轍印果然如他在腦海中重現的一樣，所以他更加堅定了自己的判斷。他直起腰，抬頭看了看正釋放出炙熱火苗的太陽，強光刺得他眼前一片模糊。太陽仿佛是秦教官的幫兇，以最熾烈的方式煎烤着他們。

　　此時，帥克和夏小米已經追了上來。但是，他們還沒站住腳，楊大龍便已經繼續沿着另一輛車的轍印向前跑去了。

　　帥克乾脆把彈藥箱丟在地上，怒氣沖沖地說：「讓他去逞能吧，我先休息一下。」接着，他一屁股坐在彈藥箱上，「眼看就要到中午了，我們轉了半天才回到這裏，後面的路不知道還有多長呢！」

　　帥克的情緒影響了夏小米，她也把彈藥箱往地上一扔，坐在了上面。她的體力最差，如今已經接近自己的極限。就

在她想要放棄的時候，卻看到已經跑出十幾米遠的歐陽山峰回過頭，臉上浮現出蔑視的笑容。

歐陽山峰的笑容讓夏小米無法接受，那不是在蔑視她，而是在蔑視飛龍小隊。她想，如果自己或者帥克在獵人特訓營被淘汰，刻着他們名字的墓碑就會永遠埋在獵人墓地，那將是莫大的恥辱，是整個飛龍小隊的恥辱。

「帥克，甚麼是特種兵？」夏小米問。

「特別能吃苦，特別能戰鬥，特別有種的兵。」帥克不假思索地回答。

「飛龍小隊的口號是甚麼？」夏小米又問。

「沒有到不了的地方，更沒有完成不了的任務。」帥克又答。

夏小米不再問，只是用堅定的目光看着帥克。帥克也不再沮喪，以同樣堅定的目光作為回應。

「沒有到不了的地方，更沒有完成不了的任務。」兩個人齊聲且有力地重複這句話，然後同時扛起彈藥箱向前跑去。他們要超過歐陽山峰，超過關悅，超過楊大龍，只為不辱沒那句特種兵格言。

軍中格言

當帥克將要放棄的時候，夏小米用飛龍小隊的格言來激勵他。帥克重新燃起鬥志，只為捍衛飛龍小隊的榮譽。

古今中外，軍隊中都有一些用來激勵官兵的格言。比如，解放軍某特種部隊格言：「在這裏，最舒服的日子永遠是昨天。」又如，美國「海豹突擊隊」格言：「在戰爭或非戰爭時期，需對於國家、隊伍單位、隊友滿懷尊敬與忠誠。」

這些格言激勵着一代又一代的軍人，往往會成為他們的人生信條，他們也許會為此奉獻自己的一切，包括生命。

第八章

獸營訓練

LOADING...

「沒有到不了的地方，更沒有完成不了的任務。」帥克和夏小米整齊地喊着這句口號，鬥志被再次喚起。他們扛着彈藥箱，追趕前面的人。

前面的人拐過一道彎不見了，帥克和夏小米加快步伐，生怕被他們愈拋愈遠。可是，他們轉過那道彎後卻驚喜地大叫起來：「到了，到了！」

生活就是這樣富有戲劇性，當你感覺山窮水盡的時候，卻轉眼間就柳暗花明了。他們沿着另一輛車的轍印奔襲時，沒有跑出一公里便看到了秦教官和他的越野車。可見，選擇對一個人來說是多麼重要，錯誤的選擇會讓人離正確的目標愈來愈遠。

「還好剛才我們沒有放棄。」夏小米看着帥克，滿臉疲憊的笑容，「如果我們放棄，肯定會後悔死的。」

「嘿嘿！」帥克一聲傻笑，「幸虧我聽了你的勸告，以後都聽你的。」

兩個人感覺渾身充滿了力氣，以衝刺的速度朝越野車跑去。秦教官戴着一頂迷彩帽，雙手抱在胸前，站在越野車的車頂，俯視着已經到達車旁的楊大龍、關悅和歐陽山峰。

「教官，我們到了。」楊大龍把彈藥箱放在地上，抬頭看着秦教官，氣喘吁吁地說。

秦教官好像沒有看到他們一樣，並不回應楊大龍的話，而是眯着眼注視着正在靠近的帥克和夏小米。不久，這兩個人也到了。夏小米擰開水壺，咕咚咕咚地喝水。帥克則抬頭望着教官問：「我們追到你了，可以回去吃早餐了吧？」

「早餐不用回去吃，因為從此以後你們也不用再回營房了。從現在開始到獵人集訓結束，你們都將住在野外。」秦教官從車頂跳下來，看了看手錶，「你們比我預計的時間晚到了兩個小時。」

「報告教官，是我帶錯路了。我願意接受懲罰。」楊大龍倒是勇於承擔責任。

「是啊，教官，要不是我們跑錯路，早就到了。」關悅跟着說。

秦教官冷冷一笑：「我只看結果，不問原因。記住，戰

爭永遠不會給軍人解釋的機會！」

　　秦教官雖這樣說，但還是打開越野車的後備箱，從裏面提出一袋子饅頭。「這就是你們的早餐。不，確切地說應該算是午餐了。」

　　「只有涼饅頭啊？」帥克瞪大眼睛，「獵人特訓營的伙食還不如我們飛龍小隊的軍犬伙食好。」

　　「你已經沒有吃涼饅頭的待遇了。」秦教官給其他人分別發了一個涼饅頭，唯獨沒有給帥克。

　　「憑甚麼不給我？」帥克哪裏受過這種待遇？「就因為我說了那句話嗎？」

　　秦教官根本不解釋，而是說：「下一頓飯你也可以省了。」

　　帥克還要爭辯，夏小米趕緊攔住他，小聲地說：「好漢不吃眼前虧，既然來到獵人特訓營，就要一忍再忍。難道你忘了，在獵人特訓營永遠不要講理由的規矩？」

　　帥克的拳頭握得緊緊的，咬牙切齒，恨不得衝上去給秦教官一拳。但是，他忍住了。他不是第一天當兵，而且還是特種兵，自然知道軍中的規則。

　　「合理的訓練是訓練，不合理的訓練是磨煉。」這句話在軍中就連新兵都知道。在這裏沒有合理與不合理之分，只有能完成和不能完成之分。

　　楊大龍掰了半個饅頭塞給帥克。可是，帥克卻不領情，又把半個饅頭塞回楊大龍的手裏。他獨自坐到一旁的石頭上

生悶氣去了。

關悅想去勸他幾句，卻被夏小米攔住了。「別管他，他就是這種臭脾氣，過一會兒就好了。」

歐陽山峰大口地咬着涼饅頭，他知道今天的訓練到這裏不是結束，而是才剛剛開始。獵人集訓也被稱為獸營集訓，即是說參訓的人不論軍銜與職務的高低，也不管年齡與性別，都要接受同等殘酷的訓練。至於如何殘酷，那就是他們不會享受人的待遇，而是要迎接如同野獸般的待遇。

「我要摧垮你們的意志，讓你們徹底崩潰，如同一攤爛泥。」秦教官自言自語，悄悄地走到停在附近的一輛消防車旁。

這輛消防車早就停在這裏了，它也是訓練的厲害道具。「開槍！」秦教官朝站在消防車旁的幾名戰士命令道。

這幾名戰士接到命令後，迅速打開消防車的水槍。一條強大的水柱從水槍中噴出，後坐力之大令一名戰士根本無法扶穩，所以需要兩名戰士一起拿穩水槍。

雄鷹小隊的少年們正在啃涼饅頭，突然，一股強大的力量從背後襲來。夏小米和歐陽山峰被瞬間沖倒，還沒吃完的饅頭也從手裏飛了出去。楊大龍和關悅也被強大的水柱沖得一個踉蹌，本想回頭去看，卻根本無力抵抗如洪水般的力量。

帥克坐在一邊生悶氣，倒是躲過了一劫。不過，他看到其他人被水槍偷襲，氣憤地站起來朝秦教官喊：「我們是來當兵的，不是來被戲耍的！」

「軍隊的飯不是白吃的，獵人特訓營的飯更不是那麼容易吃的！」說着，秦教官親自控制水槍將水柱噴向帥克。

帥克剛要開口還擊，水柱迎頭澆在他的臉上，灌進他的嘴裏。水好涼啊，涼得刺骨。帥克想，難道你們在水裏加冰塊了嗎？

帥克被水柱噴倒，冷得渾身顫抖。夏小米和歐陽山峰剛站起來，水柱又朝他們噴來。水柱移開，帥克從地上爬起來，跳着腳朝秦教官喊：「我知道獵人特訓營的飯不那麼容易吃，可是我不是沒吃獵人特訓營的飯嗎？憑甚麼也噴我？」他的話音還未落，冰水又澆到了他的頭上。

「大家快聚到一起，擰成一股繩，形成一股力。」楊大龍喊。

帥克不再糾結，跑到其他人身邊。他們手挽着手圍成一圈，頭靠在一起，就像一塊堅硬的磐石。水柱從上而下，澆在他們的背上，而他們卻穩穩地站立不動。

「狠，再狠一點。」秦教官像野獸一般吼叫着。

戰士們增加了水壓，更加強勁的水柱從水槍中噴出，射到雄鷹小隊的每一名隊員身上。他們的雙腿在發抖，身體在發抖，牙齒在發抖，但頑強的意志卻沒有絲毫減弱。

秦教官面無表情地看着這些少年，不但沒有一絲同情，反而燃起更加瘋狂的烈火。這才是獸營訓練的開始，雄鷹小隊的意志真的堅不可摧嗎？

地獄週

雄鷹小隊被秦教官帶到野外，將進行為期一週的魔鬼訓練。在獵人特訓營這一週被稱為「地獄週」，其殘忍程度可想而知。

在地獄週，每一名特訓營員都要接受各種各樣的殘酷訓練，既有肉體上的訓練，也有精神上的磨煉，目的就是讓他們在極限狀態下挑戰自我。

能熬過地獄週的士兵會在意志上有一個飛躍式的提升，即使將來面對戰場上的生死抉擇也會臨危不懼，無論多麼困難的任務也會竭盡全力去完成。

少年們雙臂相挽，緊緊地團結在一起，任憑冰冷的水柱衝擊着他們的身體。此時，他們的腳下已經變成泥潭，耳邊不停地響起高音喇叭中傳來的喊聲：「銅鐘就掛在訓練場旁，誰想退出隨時都可以去敲響它。」

秦教官拿着高音喇叭站在消防車上高喊，想從心理上擊潰這些少年。同時，他也在觀察少年們的狀態，尋找着擊破他們的方法。

「禽獸，我們不會向你屈服的。」帥克以憤怒的喊聲作為回應。

帥克的喊聲仿佛被冰冷的水凍結了，並沒有傳出多遠。所以，秦天根本沒有聽到他的聲音。此時，他已經找到這個

看似堅不可摧的集體的軟肋，於是命令道：「調整水槍的方向，對準那個最弱小的女生噴。」他所指的人是夏小米。

戰士們立刻按照秦天的吩咐，調整水槍的方向，將水槍口對準夏小米。

頭頂落下的水突然消失了，少年們剛剛要鬆一口氣，夏小米就驚恐地慘叫起來。強大的水柱從背後襲來，衝擊着她的後背，令她幾乎無法站立。要不是她的兩隻手臂分別被左邊的帥克和右邊的關悅緊緊地挽着，估計此時已經被沖倒在地了。

「加大壓力，狠狠地噴。」秦天像發狂的野獸，朝戰士們喊。

「報告秦教官，水壓已經是最大了。」戰士們回應。

秦天不信，擔心這幾名戰士對女兵心慈手軟，於是從消防車頂跳下來，親自拿起水槍朝夏小米噴。做這種事，他可是當仁不讓的高手。只見他將水柱對準夏小米的兩條腿猛烈噴射，令她的雙腿開始發抖。

「我……我快堅持不住了。」夏小米的牙齒不停地碰撞着，發出嘚嘚嘚的響聲。

關悅用力挽住夏小米的手臂，鼓勵道：「戰爭就是一個死中求生的過程，誰堅持到最後，誰就是活下來的強者。」

話雖如此，夏小米也想挺住，但是兩條腿已經不再受她的意志支配，不自覺地跪在爛泥之中。此時此刻，她真想倒

下去趴在爛泥潭裏，一動也不動，任憑冷水澆着。

「蝦米，別倒下，挺住！」帥克大聲喊着夏小米的外號。

夏小米最討厭別人喊她「蝦米」，心中的怒火瞬間被點燃，狂吼一聲：「不許叫我蝦米！」她顫抖着，將已經跪在爛泥裏的腿慢慢挺直，竟然再次站立起來。

雖然沒有擊垮夏小米，但是秦天並沒有失望，反而感到欣慰。這些少年不愧是從全軍挑選出來的精英，果然有摧不垮的意志力。他深知，這些少年已經是出類拔萃的特種兵，所以在獵人特訓營要鍛煉的不是他們的體能和戰鬥技能，而是要進一步磨礪他們的意志，讓他們成為無法摧垮的人。

空軍的雄鷹小隊需要這樣一批人，他們是空軍的未來，空軍的希望。這是空軍首長賦予秦天的崇高使命，他必須完成，而且是不惜一切代價，不保留任何手段地去完成。

「停！」突然，秦天一聲大喊。戰士們立即關掉了水槍。

冷水突然停止，雄鷹小隊的少年們怕秦教官又要耍甚麼花樣，所以並沒有急於抬起頭，也沒有鬆開互相挽着的雙臂。

「趴下，都趴下！」

他們聽到高音喇叭裏傳來秦教官的吼聲。這次，吼聲就在他們的耳邊，震得他們的耳朵嗡嗡響。腳下是爛泥潭，要是趴下肯定會變成泥人。男兵們還好說，可兩位女兵卻有些抗拒，尤其是關悅。

「處女座有潔癖，我可不想趴在爛泥上。」關悅說。

「我管你是甚麼座！」秦教官把高音喇叭對準關悅的耳朵喊，「如果你做不來就意味着主動退出。」

關悅被強音吵得頭腦發脹，只好趴在地上，但她卻抗議道：「空軍是空中的雄鷹，我們雄鷹小隊更是雄鷹中的王者，應該展翅飛翔在空中，而不是匍匐在地上做菜鳥。」

「沒錯，空軍的確是雄鷹，但絕非只能翱翔在空中，你們還要成為落地的雄鷹，這樣才是真正的王者之師，空軍神兵。」秦教官大喊。

落地的雄鷹，這些少年還是第一次聽到這種說法，難道空軍也要在地面戰鬥嗎？那還要陸軍做甚麼？

秦教官看透了他們的心思，繼續說道：「不要以為空軍就只能在空中戰鬥，其實空軍包括很多兵種，除了各種戰機的飛行員，還有防空導彈兵、雷達兵、空降兵和地勤人員。當然，雄鷹小隊的培養目標是成為最優秀的戰鬥機飛行員，但是在學會飛之前，你們要先學會跑。即便你們有一天能夠飛上藍天，也要面對敵人的戰機、導彈、高射炮，要在重重的危險中求生存，去戰鬥。一旦戰機被擊中，你們還要能夠跳傘求生。落地後，還得在險象環生的陸戰區躲避搜捕，逃出虎口。」

「秦教官，我們明白了。」沒等秦天講完，楊大龍就喊道，「讓訓練來得更殘酷，更猛烈些吧，我們是摧不垮的雄

鷹小隊。」

其他人也跟着喊：「我們是摧不垮的雄鷹小隊，讓訓練來得更猛烈吧！」

喊是這樣喊，但有些人心裏卻不是這樣想的。比如帥克，他就在心裏默默地罵楊大龍，恨他在教官面前逞能，連累自己跟着受罪。

「放心，我不會手軟的。」秦教官陰森森地說，「到那邊把圓木扛過來。」

圓木就放在越野車旁，有三米多長，粗如熊腰。少年們從泥潭中爬起來，來到越野車旁，協力將圓木扛起，重新回到泥潭中。

「躺在泥漿中，抱着圓木做仰臥起坐。」秦教官命令道，「我不說停，不許停。」

少年們已經不再多言，按照教官的命令並排躺在泥潭中。然後，他們抱着圓木開始做仰臥起坐。

「一二，起！」楊大龍負責喊口號，以便大家能夠協同一致。他們不必計數，因為數量並不重要，教官的心情才是最重要的。秦教官心情好的時候才會喊停，否則他們就要一直做下去⋯⋯

國防小講堂

雷達兵

秦教官告訴雄鷹小隊的隊員，空軍不只有飛行員，還包括雷達兵、空降兵等多個兵種。其中，雷達兵的作用尤為重要。他們就好比空軍的千里眼，能夠提前發現來襲的敵機，並發出預警。

不僅在戰時，就是在和平時期雷達兵也不敢有絲毫懈怠。雷達每天都在不停地運轉，時刻觀察着祖國的領空。一旦發現可疑的飛行器，就會將資訊傳遞給防空導彈部隊。防空導彈部隊則負責發射導彈，攔截來襲的敵機。所以說，雷達兵是空軍的眼睛，防空導彈兵是空軍的拳頭。

第十章

真正的尊嚴

LOADING...

　　雄鷹小隊的少年們躺在爛泥潭裏，喊着口號，抱着圓木，像機器人那樣重複着仰臥起坐的動作。

　　秦教官的心情倒是不錯，看着這些少年經受着非一般的訓練，仿佛昨晚被羞辱的壞心情一掃而光。他讓戰士抱來一個大西瓜，然後掏出傘兵刀，咔嚓一刀切開。他們一邊看着雄鷹小隊的人訓練，一邊談笑風生地吃西瓜。

　　「吃，你們就吃吧，小心被西瓜籽噎死。」帥克恨得怒氣衝天，不自覺地說出了這句話。

　　一名戰士跳到帥克身邊，把紅艷艷的瓜瓤展示在他眼前，笑嘻嘻地說：「謝謝你的詛咒，不過這是無籽西瓜。」

　　「西瓜籽噎不死你們，你們也會拉肚子。祝你們一瀉千

里，提不上褲子。」說完這句話，帥克覺得很解氣，好像這些人真的會拉肚子一樣。

「再次謝謝你的詛咒，即使會拉肚子，我也會在一瀉千里的時候想到你們狼狽的樣子。」這名士兵簡直是「貧嘴學院」畢業的高才生，一向善辯的帥克竟然說不過他。

「一二，起！」楊大龍繼續有節奏地喊着口號。聽到「起」字的時候，他們協調用力將上體抬起。爛泥就像黏黏的強力膠水，向後拉着他們的後背，使他們需要付出額外的力氣，才能坐起來。

雄鷹小隊的少年們不知道自己已經做了多少個仰臥起坐，但他們知道自己堅持不了太久了。他們的腰肌酸痛，每抬起一絲一毫的距離似乎都會耗盡最後的氣力。疲倦從他們肌膚滲透到骨肉裏，游離至每一個細胞，他們的肢體、肌肉、骨骼，都變得軟如飄浮的雲，而那根壓在他們身上的重重的圓木，似乎隨時都可能穿透他們綿軟的身體，令他們一敗塗地。

秦教官已經吃完西瓜，看了看手錶，似乎還不滿意。他看着雄鷹小隊的少年們，拿起高音喇叭對他們大喊：「你們以為獵人特訓營的地獄週是誰都可以堅持下來的嗎？如果不剝掉幾層皮，就別想熬過地獄週。在這裏，我們就是閻王，而你們則是墜入地獄的獵物。」

楊大龍抱着圓木，艱難地喊出口號，上身頑強地向上抬

起。但是，他只抬起二三十度角，便不能再動彈了。其他人還不如楊大龍，夏小米已經躺在爛泥裏，徹底抬不起來了。沉重的圓木壓在她的身上，如有千斤重。突然，她感覺自己的胸口猛然被壓了一下，差點窒息。

「不要裝可憐，在這裏沒有人會可憐你。」秦教官的腳踩在夏小米胸前的圓木上，用高音喇叭朝她喊。

夏小米已經無力反抗。帥克看不下去了，朝秦天怒吼：「禽獸，你沒看到她已經精疲力竭了嗎？何必再雪上加霜？」

秦天抬起腳，狠狠地踩在帥克的胸前。「你說對了，我就是禽獸。你們可以叫我禽獸教官，因為我很喜歡這個稱呼。」

「禽獸，禽獸，禽獸！」少年們憤怒地齊聲喊着，再次齊心協力向上抬起。

人的潛力也許真的是無限的，他們竟然又完成了一個看似不可能的仰臥起坐。

秦天並沒有因為隊員們稱他為「禽獸」而惱火。他認為在獵人特訓營，如果參訓的隊員沒有對他恨之入骨，那將是他的失敗。現在，秦天的心情很好，就像學生剛剛放了暑假，工薪族剛剛收到獎金一般，愉悅得想跳起來。

「停止訓練，把圓木放回原處。」也許是因為心情大好，秦天如此命令道。

聽到秦天的命令，少年們欣喜若狂。他們掙扎着把圓木

推到一旁，然後軟趴趴地躺在爛泥裏，一動也不想動。

「菜鳥們，是不是很爽？」秦天問。

「爽！」少年們齊聲回答。

「簡直爽爆了！」帥克補充道。他把自己擺成一個「大」字，微微地閉着眼，緩緩地呼吸。此時此刻，他感覺自己是最幸福的人，輕飄飄的。

少年們正靜靜地躺在泥潭裏，享受着來之不易的幸福。突然，冷水又從天而降。歐陽山峰被澆得渾身一抖，瞬間睜開眼睛，敏銳的目光射向站在一旁、滿臉壞笑的秦教官。

「看我幹甚麼？」秦天瞪着歐陽山峰，「看你臉頰鼓鼓的，莫非也會蛤蟆功？」《射雕英雄傳》裏的歐陽鋒有一種獨門絕技 —— 蛤蟆功。秦天之所以說歐陽山峰會蛤蟆功，明顯是在諷刺他。

歐陽山峰的臉頰雖然鼓鼓的，但並非會甚麼蛤蟆功，而是被秦教官氣的。他想，秦教官還真對得起「禽獸」的綽號，看樣子不好好地練一練他們是不會善罷甘休的。

「看到前面的帳篷了嗎？」秦天指着遠處，「十分鐘內，你們爬到帳篷裏，今天的訓練就會結束。否則，今天的訓練將進入第二階段。」

聽到秦天的話，帥克再也忍不住了。他突然站起來，上前幾步靠近秦天，怒吼道：「我們為甚麼要爬進帳篷？我們是特種兵，是空軍未來的精英小隊。我們要捍衛自己的尊

嚴。」他揮舞着拳頭，看樣子要一拳朝秦天打去。

秦天才不擔心帥克的拳頭會打過來，或者說他希望帥克一拳打過來，那樣他就可以名正言順地教訓這個不知天高地厚的小子了。

「小子，你給我聽清楚了。」秦天指着帥克的鼻子，「在這裏，你捍衛尊嚴的方式只有一種，那就是不把自己的名字刻在獵人墓地的墓碑上。」說到此處，秦天按下手中的碼錶開始計時。「如果你想捍衛自己的尊嚴，就在我規定的時間內爬進帳篷，否則你就去敲響那口鐘。」

秦天開始計時，其他人都奮力向帳篷的方向爬去。帥克依舊站在原地沒有動，他的目光中充滿怒火，拳頭握出了響聲。

尊嚴，到底甚麼是真正的尊嚴？是堅持自己，為了一時之快，逞一時之勇，還是忍辱負重，臥薪嚐膽？帥克迷惑了。

他憤怒的目光從秦天身上轉移到訓練場旁的那口銅鐘上。那是一口並不大的鐘，就掛在一棵柳樹上。那口鐘距離他也不遠，只要走幾步的距離，他就可以輕而易舉地抓到鐘口垂下的紅繩。只要他握住紅繩輕輕地晃動，銅鐘便會發出清脆的響聲，他也就解脫了。可是，如果真的那樣做，他是找回了尊嚴，還是失去了它呢？

傘兵刀

秦教官用傘兵刀切開西瓜，在雄鷹小隊面前誇張地吃起來。用傘兵刀切西瓜，就好比殺雞用牛刀，大材小用。

所謂傘兵刀，就是配備給空降兵隨身攜帶的刀具。傘兵刀鋒利的刃口能夠輕鬆割斷降落傘的傘繩，還能斬斷直徑 5 毫米以下的鐵絲。刀柄的頂端嵌入高靈敏度指北針，當空降兵落地之後，可以通過它快速地判定方位。傘兵刀一側有鋸齒或者倒鉤，可以鋸斷堅硬的物體或者鉤斷繩索和鐵絲。當然，作為刀具，它還是空降兵與敵人近身搏鬥的利器。

第十一章
短暫的幸福

LOADING...

　　其他人都向帳篷的方向爬去，唯獨帥克難以平復心中的屈辱和怒火，不但沒有臥倒爬行，反而想去敲響那口象徵着退出的銅鐘。

　　夏小米了解帥克的脾氣，擔心他意氣用事，沒爬出幾米遠便回頭朝他大喊：「帥克，沒有甚麼可以摧垮你，不要放棄！」

　　夏小米的話讓帥克突然醒悟。尊嚴是甚麼？尊嚴就是別人用盡殘忍的手段想摧垮你時，你卻百折不撓，永不放棄，屹立不倒！於是，他強壓怒火再次趴到泥潭中，和大家一起向帳篷的方向爬去。

　　在他們爬行的過程中，冷水一直從頭頂往下流淌。他們

的身體在顫抖，像發動機點火後一樣高頻率的抖動。楊大龍不顧一切地向前爬，試圖將痛苦拋在腦後，衝破屈辱的牢籠，重獲勝利的榮光。但是，秦教官怎麼可能輕易放過他呢？俗話說：槍打出頭鳥。秦教官親自拿起水槍，將高壓水柱對準楊大龍噴射。楊大龍被水柱沖得連續翻滾了幾周，就像一個被鞭子抽動的陀螺。

「還有五分鐘，如果你們不能按時到達，會有更多有趣的熱身運動等着你們。」秦教官的高音喇叭異常刺耳。

「禽獸，你怎麼不自己享受一下這些有趣的熱身運動呢！」歐陽山峰也開始詛咒教官了。

少年們拼盡全力，在地上匍匐前進，即使手掌被劃出了血痕也不曾停止。秦教官仍舊像抽動陀螺那樣，用水柱衝擊他們的身體，使他們依次翻滾，就像在進行流水作業。

「還有兩分鐘，看來有些人要被開小灶了。」秦教官看着爬在最後的帥克，心想這小子真是一個倒楣蛋，愈是想爭取尊嚴，愈是顏面掃地。按照目前的行進速度來看，他很難按時爬進帳篷。

關悅和夏小米的狀況也不容樂觀，兩個人齊頭並進，早已經變成了泥人。爬在最前面的楊大龍應該是最保險的，可是他卻突然掉轉方向向後爬來。

「你想幹甚麼？」當楊大龍與關悅擦肩而過時，關悅大喊。

「我們是一個堅不可摧的集體，我不想任何人掉隊。」
楊大龍像一隻壁虎，緊貼着地面急速爬行，轉眼間便來到帥
克身邊。「兄弟，加把勁，不要讓教官的陰謀得逞。」

「他不會得逞的，因為禽獸永遠無法戰勝人類。」帥克
高喊一聲，如同火山噴發般勢不可擋。

「雄鷹小隊必勝！雄鷹小隊必勝！」楊大龍和帥克一邊
喊着，一邊爬向帳篷的入口。

「還有一分鐘……三十秒……十秒……零秒。」秦天按
下手中的碼錶，帥克的腳也隨之消失在帳篷的入口。秦天的
臉上露出難得一見的笑容，而且是會心一笑。在隊員的眼裏
他是禽獸，但在自己的心中他是天使。他深知，只有像野獸
一樣對待特訓營員，才是對他們最深切的愛。

「恭喜你們，可以休息了。」秦天放下高音喇叭，轉身
離開。

雄鷹小隊的少年們躺在帳篷裏的地面上，誰也不說話，
閉着眼睛，喘着粗氣，腦袋裏空空的。

「終於熬過來了。」夏小米第一個開口了。她睜開眼睛
環視着帳篷。這是一個制式的班用帳篷，可以住下十個人。
但是，帳篷裏並沒有牀，也沒有區分男兵和女兵的空間。地
面上只是擺放着幾個睡袋。看樣子，整個地獄週他們都要共
處一室，並且以地為牀了。

「今天是熬過來了，可是明天呢？」關悅依舊躺在地上，

一動也不想動。

「明天的訓練將更加殘酷，更加沒有人性。」歐陽山峰緩緩地坐起，感覺腰都要斷了，「在這裏，最舒服的日子永遠是昨天，也就是說，訓練會一天比一天殘酷。」

少年們的腦海中浮現出獵人學校中隨處可見的那句標語：在這裏，最舒服的日子永遠是昨天。這句話令他們不寒而慄。今天的訓練已經挑戰了他們的極限，面對明天更加殘酷的訓練，他們能夠堅持下來嗎？

「那句話只不過是嚇唬人而已。車到山前必有路，船到橋頭自然直。我們還是換好乾爽的衣服，好好休息，準備迎戰吧！」楊大龍從地上爬起來，「男兵先出去，等女兵換好衣服我們再進來。」

「對對對，你們男兵快出去。」關悅也跟着歡快起來，「我們是打不死的小強，永遠不會向禽獸教官低頭。」

男兵從帳篷裏走出來，才發現此時已經夕陽西下，太陽像一個熟透的柿子掛在樹梢上。落日的餘暉灑在雲層上，深深淺淺的顏色好似絢麗的綢緞一般。而那些覆蓋在草地上的溫潤的光，也一同籠罩在草地上的幾位男兵周圍。

此時此刻，他們才體會到，幸福原來就是靜靜地沐浴在夕陽灑落下的餘光，也才體會到不畏辛苦，竭盡全力地訓練是為了甚麼。

「我們今天的付出，就是為了國家安寧，人民遠離戰

爭，能夠享受簡單而又平靜的幸福。」楊大龍靜靜地說。

「國家！榮譽！忠誠！使命！這就是我們今天拼盡全力去訓練的意義。」歐陽山峰握緊拳頭，「讓明天的訓練來得更猛烈些吧，我願意去迎接更艱難的挑戰！」

沒想到，溫暖的夕陽竟然是最好的心理輔導員。簡簡單單的幸福就讓他們感悟到了從軍的意義。

「我們換好衣服了，你們進來吧！」夏小米的聲音從帳篷裏傳出來。

泥漿包裹的衣服被身體和陽光烘乾後，變得硬梆梆的，就像一副古代勇士的盔甲。男兵走進帳篷，女兵則從帳篷裏出來。他們脫掉堅硬的外殼，從背囊裏取出乾淨的迷彩服穿好。洗澡這麼奢侈的事情就不用想了，不過他們可以去消防車那裏洗個臉、洗洗頭，順便把髒到極致的衣服揉一揉。

在野外，那輛消防車既是他們的裝備車，也是他們的儲水器。當男兵們端着臉盆走到消防車旁的時候，女兵已經在那裏洗衣服了。

「蝦米，你把臉洗乾淨，我都認不出你了，還是滿臉是泥巴比較好看。」帥克蹲在夏小米身邊，開玩笑地說。

夏小米揮起拳頭朝帥克打了一拳，瞪着圓眼說：「我都警告過你一萬遍了，不許把我的外號帶到雄鷹小隊來，你怎麼就記不住啊？」

「蝦米，我們不會叫你的外號的，你放心！」男兵齊

聲說。

　　夏小米被氣得滿臉通紅，但又無可奈何，只能狠狠瞪帥克一眼。不怕神一樣的對手，就怕豬一樣的隊友。誰讓她遇上了帥克這樣一位從前的「好隊友」呢！

　　男兵把頭放在水龍頭下，一邊洗頭一邊洗臉。尤其是歐陽山峰，還把頭甩來甩去的，水珠四處飛濺。

　　「你是歐陽山峰，還是歐陽瘋子？把水都甩到我身上啦！」關悅恨不得把洗衣服的髒水潑到歐陽山峰身上，但是看着他剛剛換好的乾淨的迷彩服，還是忍住了。

　　歐陽山峰像狗一般抖身子那樣搖晃着自己的頭，水又濺到了關悅的身上。關悅把毛巾扔給他：「你快把頭擦乾淨，別再甩了。」

　　歐陽山峰用毛巾擦着頭，看着關悅，一臉壞笑。「你們女生就是比男生勤快，衣服肯定也比男生洗得乾淨。不如，勞煩二位把我們的髒衣服也給洗了吧！」說完，他把自己的髒迷彩服扔到關悅的臉盆裏就往回跑。

　　榜樣的力量是無窮的，帥克也把髒衣服丟到夏小米的盆裏，轉身往帳篷的方向跑，還回頭喊了句：「謝啦，蝦米！」

　　「你，你給我站住。」夏小米站起來朝帥克大喊。但是，帥克頭也不回，轉眼就跑進了帳篷。

班用帳篷

雄鷹小隊露宿野外，住進一頂班用帳篷。這種帳篷是部隊在野外訓練時的住所，一般能住八至十個人。無論春夏秋冬，帳篷裏的溫度基本和外面一致，所以在野外訓練條件異常艱苦。

最有意思的是，一些不速之客會不時光臨，比如蛇、蜥蜴，還有各種昆蟲。牠們悄悄地爬進帳篷裏，落在帳篷上，給枯燥的野外訓練帶來一些樂趣。當然，有些蛇是有毒的，所以為了防蛇，會在帳篷周圍的地上撒上一圈石灰粉。

　　帥克和歐陽山峰把髒衣服丟給女兵，跑回帳篷休息去了。楊大龍可沒有那麼厚的臉皮，尷尬地看着兩位女生，腼腆地說：「這兩個壞小子太過分了，你倆把他們的髒衣服放在這裏不要管。」

　　沒想到關悅卻沒有生氣，而是把楊大龍的髒衣服也拿到自己的盆裏，笑着說：「你也回去休息吧，抱着圓木做仰臥起坐的時候，你們男兵出力最多，要是沒有你們，我和夏小米根本堅持不下來。」

　　「這……這……這多不好意思啊！」楊大龍有些手足無措，不知道到底該不該把自己的髒衣服搶回來。

　　夏小米歪頭看着楊大龍，略帶譏諷地說：「你這個人啊，

一米八的大個兒，訓練的時候虎虎生風，可是生活中怎麼像個大姑娘呢？扭扭捏捏的。」

「錯！」關悅已經開始洗男兵的髒衣服了，「他還不如大姑娘爽快呢！」

楊大龍被兩個女生說得連脖子都紅了，簡直像一隻被烤熟的火雞。無奈，他只好再三道謝，然後一步三回頭地向帳篷走去。雖然有些尷尬，但是楊大龍感覺心裏暖暖的，雖然他們相處的時間不長，也有過一些摩擦，但是同甘共苦的訓練很快讓他們變成了溫暖的一家人。

夏小米和關悅洗完髒衣服，把衣服晾曬在帳篷外的樹枝上。此時，夕陽已經完全消散，只有一片紅雲頑強地掛在天邊。她們端着臉盆，還沒有走進帳篷，便聽到了裏面傳出的歌聲：

> 戰鷹飛翔，披上太陽的金光
>
> 巡邏藍天，放眼祖國的河山
>
> 天蒼蒼，野茫茫
>
> 海藍藍，山疊嶂
>
> 這是我們美麗的家鄉
>
> 一飛衝天，呼嘯如雷電
>
> 戰機翻滾，任我放聲笑
>
> 空中過招

利劍出鞘

定讓敵人無處逃

飛飛飛

戰戰戰

我是人民的空軍

我驕傲

　　歌聲震天，氣勢如虹，頓時令人熱血沸騰。關悅一隻腳邁進帳篷，迫不及待地問：「這是甚麼歌？」

　　三位男兵正唱得起勁，見夏小米和關悅進來，歌聲戛然而止。歐陽山峰回答：「這是《戰鷹之歌》。」

　　「《戰鷹之歌》？」關悅的腦袋裏冒出一個大大的問號，「我怎麼沒聽說過？」

　　「你當然不會聽說過了。」歐陽山峰有些得意，「這是我的原創歌曲，剛剛寫好的，準備作為我們雄鷹小隊的隊歌。」

　　「你還會寫歌？」關悅的雙眼冒出崇拜的光，「真是人不可貌相啊！」

　　「瞧你這話說的，」歐陽山峰有些激動，「甚麼叫人不可貌相，難道我長得很醜很粗俗嗎？」

　　「還好吧，一點點而已。」關悅故意調侃，「不過，你寫的歌的確不錯，所以可以彌補你的相貌缺陷。」

　　「你，你 ——」歐陽山峰激動得說不出話來。

夏小米趕緊解圍：「難道你沒看出關悅在故意逗你嗎？廢話少說，我們也想學這首歌。」

「好，那我們就一起唱！」歐陽山峰把寫好的歌詞擺在兩位女生面前。他的字也很漂亮，相貌的缺陷被彌補了。

> 戰鷹飛翔，披上太陽的金光
> 巡邏藍天，放眼祖國的河山
> 天蒼蒼，野茫茫
> 海藍藍，山疊嶂
> 這是我們美麗的家鄉
> ……

一個人被鏗鏘有力的歌聲所吸引，悄悄地向雄鷹小隊的帳篷走來。他靜靜地站在帳篷外，聽了幾遍之後，竟然情不自禁地跟着哼唱起來：「空中過招，利劍出鞘，定讓敵人無處逃……」

「你們聽，帳篷外好像有人。」關悅異常警覺，站起身來，躡手躡腳地朝帳篷口走去。帥克起身，跟在關悅的身後，要當護花使者。其他人則繼續高唱《戰鷹之歌》。

「飛飛飛，戰戰戰，我是人民的空軍，我驕傲！」帳篷外的人正唱得帶勁，突然關悅從帳篷裏跳出來，大喊一聲：「是誰在偷聽？」

帳篷外的人有些尷尬，趕緊恢復一副威嚴的姿態，用一本正經的語氣說：「我是來你們的帳篷檢查的。」

「禽獸，是你！」帥克脫口而出，又趕緊改口，「秦……秦教官，是您啊！」

「你剛才叫我甚麼？」秦教官上前一步，瞪着帥克。

帥克一吐舌頭，躲到關悅的身後，想拿關悅做擋箭牌。關悅倒是機敏，幫帥克解圍：「秦教官，帥克說的是擒拿的『擒』，野獸的『獸』，也就是把你比喻成擒拿野獸的高手。在獵人特訓營，您是獵人，我們是野獸，您不就是『擒獸』教官嗎？」

秦天知道關悅在糊弄自己，但總要給自己一個台階下吧，所以他點着頭說：「這樣說來，倒還算勉強說得過去。獵人就是擒獲猛獸的高手，獵人特訓營培養的就是軍中的精英。」

說着，秦教官走進帳篷，其他人趕緊起立，這是軍中的規矩 —— 當高一級的軍人到來時，下級要起立，並立正站好。

「剛才你們唱的是甚麼歌啊？挺有氣勢的。」秦天問。

「我是空軍，我驕傲！」夏小米笑着說。

歐陽山峰趕緊捂住夏小米的嘴：「別胡說，這是《戰鷹之歌》，我寫的。」

秦天用欣賞的目光看着歐陽山峰：「真看不出，你們之

中藏龍臥虎，人才濟濟啊！」

「哪是！不會寫歌的特種兵不是好廚子。」帥克在一旁打岔。

「我看你們是不是餓了？怎麼甚麼事情都能跟廚子扯上關係？」說這句話的時候，秦天一臉壞笑。

說到餓，這些少年的肚子立刻像燒開了的水一樣咕咕咕地響起來。能不餓嗎？整整一天，他們只在中午的時候拿到了一個涼饅頭，有些人還沒吃完，就被冷水沖走了。最慘的是帥克，他因為跟教官鬧情緒，連一口涼饅頭都沒吃到。俗話說：人是鐵，飯是鋼，一頓不吃餓得慌。何況，他們還經歷了非人的殘酷訓練，消耗了那麼多的卡路里呢！

「如果現在能有一碗紅燒肉就好了。」說着，歐陽山峰流出了口水。

「最好再加上一個大雞腿。」帥克抹着嘴說。

夏小米長歎一聲：「唉 —— 理想很豐滿，現實很骨感。我們的晚餐要是能吃飽就不錯了。」

少年們討論着晚餐，腦海中幻想着各種美食，以此來望梅止渴。秦天卻悄悄離開了他們的帳篷。他有一件事情要去做，而這件事情必定讓少年們感到驚喜，不，應該是驚嚇！

唱軍歌

在訓練之餘，歐陽山峰創作了一首《戰鷹之歌》，他們在帳篷裏充滿激情地唱起來。在部隊，軍人每天都要與軍歌相伴，訓練間隙唱軍歌，佇列出行唱軍歌，吃飯之前唱軍歌，睡覺之前也要唱軍歌。唱軍歌比的是嗓門，比的是士氣，所以一個集體的歌聲是否嘹亮，往往也反映着這個集體的精神面貌；而每一首軍歌都是熱血澎湃的記憶：《我的老班長》《當兵的哥們兒》《十八歲》《鐵打的營盤流水的兵》《當兵幹甚麼》……

第十三章
意外的晚餐

LOADING...

秦天走了。雄鷹小隊的少年們在帳篷裏忍飢挨餓。楊大龍像往常一樣皺着眉頭，一副苦大仇深的樣子。「莫非秦教官想讓我們在野外進行生存訓練，自己去尋找食物？」他猜測道。

「你真是烏鴉嘴，我們是來參加獵人集訓的，又不是來參加野外生存訓練的。」帥克看着楊大龍，一副厭惡的表情。

「楊大龍，你為甚麼總是皺着眉頭啊？挺帥的一個小夥子，皺眉頭多難看啊！」夏小米問。

楊大龍抬起頭，也看着夏小米：「我皺眉頭了嗎？沒有啊！」

「你還不承認，他們背地裏都說你的眉頭能夾死一隻蟑

螂，我看不止如此，你的眉頭能夾死一隻老鼠。」

夏小米的話把大家都逗樂了，就連楊大龍自己也嘿嘿地笑起來，眉頭隨之舒展，變成了一個帥小哥。

「以後就這樣，多笑笑，別總愁眉苦臉，好像誰欠你兩毛錢似的。」夏小米本來說得挺高興，但是肚子卻突然疼起來，不由得捂住肚子呻吟了幾聲。

「你怎麼了？」楊大龍關心地問。

夏小米有氣無力地說：「餓啊，中午的那個涼饅頭我剛咬了一口就被水沖走了。」

夏小米一說餓，立即引起了連鎖反應。其他人也都覺得肚皮扁扁的，腸子空空的，兩眼發黑。

正在此時，帳篷外傳來腳步聲，人未到聲音已經傳進來：「小傢伙們，你們是不是餓了？我來給你們送晚餐了。」

這是秦教官的聲音。聽到「晚餐」二字，少年們喜出望外。歐陽山峰興奮地說：「我就知道教官人性未泯，終於給我們送晚餐來了。」

說話間，秦天已經走進帳篷，跟在他後面的還有兩名戰士。他們每人手裏端着一個大鋁盆。「這裏都是你們想要的美食，儘管大快朵頤吧。」秦天讓戰士們把兩個大盆放在地上。

「紅燒肉！」

「大雞腿！」

帥克和歐陽山峰像兩頭餓狼，張牙舞爪地撲向那兩個大盆。他們兩個掀開蓋子，頓時整齊地一屁股坐在地上。這哪裏是驚喜啊？分明就是驚嚇！

原來，一個盆裏放的是生牛肉，另一個盆裏則是生雞腿。坐在地上的帥克，咽了口唾沫說：「都是生的啊？」

「是生的，而且很新鮮。」說着，秦天拿起一塊生牛肉放進嘴裏，用力地咀嚼起來，「這些就是你們的豐盛晚餐，高熱量，抵得餓！」

「我是不會吃生肉的，好噁心！」夏小米提出抗議，「我是特種兵，但不是野人。」

秦天冷冷一笑：「記住，只有活着才能戰鬥，只有生存才能反抗。作為一名未來的空軍精英，你們將駕駛戰機與敵人在空中激戰，也有可能在戰機被擊中後跳傘逃生。只要落到敵佔區，你們要做的就是想方設法活下來，而且不被敵人發現。要活下來，吃生肉是在所難免的。」

「反正，我就是不吃。」夏小米依舊固執，「我寧可餓死。」

「秦教官，有鹽嗎？」看着一盆生牛肉，楊大龍問。

「沒有！」

楊大龍不再說話了，而是伸手拿起一塊生牛肉放進嘴裏。吃生肉對他來說並非難以接受，但是吃沒有加任何調料的生肉的確難以下嚥。他用力地咀嚼，但生肉仍舊難以嚼

爛。人畢竟不是猛獸，即使是猛獸，牠們在進食的時候也是在瘋狂地撕咬後，才將肉大塊吞進肚子裏的。

楊大龍使勁往下嚥，能感覺到生肉貼着他的喉嚨緩緩地往下滑。緊接着，他又拿起一塊生牛肉放進嘴裏。他的舉動令其他人目瞪口呆，都暗暗佩服這位寡言少語的狙擊手。

「好吃嗎？」帥克問。

楊大龍不回答，只是點點頭。帥克不甘落後，也拿起一個生雞腿，張開嘴猛地咬下去。雞肉比牛肉難咬多了，他費了好大的勁才撕掉一塊，嚼都沒嚼便吞進了肚子。

隨後，歐陽山峰也拿起一塊生牛肉。不過，他比較聰明，掏出傘兵刀將牛肉切成細絲，然後直接吞進肚子裏。

只剩下兩位女生不肯動口了，夏小米看着關悅，小聲地問：「你敢吃嗎？」

「敢肯定是敢，不過就是太噁心。」關悅用異樣的目光看着男兵，「不知道他們的感覺如何。」

帥克齜着帶着生肉絲的牙，朝兩位女兵嘿嘿一笑：「我向你們保證，生肉的味道絕對純天然，沁人心脾。」

「你少騙人，野獸才吃生肉呢！」夏小米不為所動。

帥克把生肉端到兩位女兵面前，學着教官的口氣說：「在這裏，你們就是要把自己當成野獸，而且是食肉的猛獸，這樣才能戰勝自己。」

「菜鳥，你們就吃吧，絕對不會後悔的。」歐陽山峰也

在一旁起哄。

「誰是菜鳥？」關悅火大了，「即便是菜鳥，我們也是最勇敢的小鳥，而且是猛禽。」一賭氣，關悅拿起一塊生牛肉便放到了嘴裏。她憤恨地咬着生肉，好像在發泄。不過，令她沒有想到的是，生牛肉不但不難吃，竟然還有一點點甘甜的味道。

「夏小米，你也吃吧，沒那麼噁心。」關悅勸道。

「真的嗎？」夏小米用懷疑的目光看着關悅，希望從她的表情中找出破綻。

關悅沒有直接回答，而是想用實際行動證明。她又拿起一塊生牛肉放進嘴裏，這次表情沒有那麼痛苦，並不是憤怒地咀嚼，而是滿臉幸福，好像在享受着咀嚼的過程。

看到關悅的表情，夏小米想，也許生肉並沒有那麼難吃。所以，她猶猶豫豫地伸出手，拿起一塊最小的生牛肉，並命令帥克：「你幫我把它切碎。」

「遵命，蝦米首長。」帥克調皮地給夏小米敬了一個軍禮。然後，他把這塊肉放在彈匣上，用傘兵刀切成細絲，然後又切成碎塊。他還揚揚自得地問：「怎麼樣，我的刀工可以和大廚媲美吧？」

夏小米哪有心情回答啊？她抓起碎肉塞進嘴裏，硬是吞了下去。

「怎麼樣，味道不錯吧？」其他人異口同聲地問。

夏小米搖搖頭：「我根本就沒嚐出是甚麼味道，跟豬八戒吃人參果一樣直接吞下去了。」

「夏小米，豬八戒，豬八戒，夏小米。」帥克唸唸有詞：「看來天蓬元帥的嫡傳弟子是女生啊！」

帥克招惹夏小米的結果可想而知，他是捂着熊貓眼睡覺的。

野外的夜竟然出奇的靜，連蟲鳴鳥叫的聲音都沒有。少年們躺在睡袋裏，睡得昏沉沉的。這個夜晚注定是平靜的，可是明天呢？

「在這裏，最舒服的日子永遠是昨天。」請牢記獵人特訓營的這句格言。

國防小講堂

野外生存訓練

說到野外生存訓練，對雄鷹小隊的人來說並不陌生。作為特種兵出身的他們，經歷過多次野外生存訓練。由於特種兵往往是戰鬥能力最強的小組，深入敵後作戰，甚至長期潛伏在敵後，所以必然要掌握野外和困境求生的技能。在野外生存訓練中，他們要學會如何不用現代工具生火，如何尋找和淨化水源，如何獲取食物，如何進行自救，等等。

現在，不僅是特種兵，野戰部隊同樣常年在野外駐訓，就是為了能夠適應戰時的作戰條件，時刻為大戰做好準備。

第十四章
急速墜落

LOADING...

雖然雄鷹小隊的少年們一直提防着秦教官的突襲，但這一晚卻平安無事。秦教官說話算數，讓他們睡了一個安穩覺。可是，第二天一大早，他們就被巨大的轟鳴聲吵醒了。

帥克睜開惺忪的睡眼，伸了一個懶腰說：「『周扒皮學公雞打鳴，以此來催促長工起牀幹活。』這位秦教官更絕，直接讓直升機懸停在頭頂上，把我們吵醒。」

楊大龍早已起牀，將單兵裝具整齊地攜帶在身上。昨天的晚餐的確熱量充足，一直到早上他們都還沒有飢餓感。

「菜鳥們，給你們兩分鐘時間，立即到帳篷前的空地集合。」高音喇叭裏傳來秦教官的喊聲。

「菜鳥，菜鳥，一天到晚亂叫。」夏小米嘟嚷着，「我們

明明是雄鷹，要不然怎麼會入選雄鷹小隊呢？」

不到兩分鐘，少年們便已經穿戴整齊，在帳篷前的空地上集合了。此時，他們才發現是一架運輸直升機懸停在一樹之高的地方。

「看來今天訓練的課目將在空中進行。」歐陽山峰小聲嘀咕着。

「我們是空軍的雄鷹小隊，本來就應該訓練空中的課目。」帥克抬頭望着那架運輸直升機，「不過，直升機屬於陸軍航空兵的裝備，不知道派它來有何用意。」

「你們不用猜了，一會兒就會揭曉答案了。」秦天指着從直升機上垂下的一條懸梯說，「現在，你們依次爬上去。」

教官的話就是命令，他們毫無選擇，只好一個接一個地往上爬。懸梯在空中晃動着，攀爬起來並不容易，但是這些少年都是選拔自全軍的特種部隊，所以機降和繩降對他們來說是小菜一碟。

楊大龍雙手抓住懸梯，快速向上爬，直升機的螺旋槳轉動時產生的強風吹得他如風中搖擺的蒲公英，若不是緊緊地抓住懸梯，一定會被吹走。

爬進直升機的機艙，楊大龍並沒有急於坐下，而是轉身向下看了一眼。關悅緊隨其後，抓住了楊大龍伸出的手，借助楊大龍的拉力，也進入了機艙。

少年們都進入機艙後，秦教官也隨後到來了。他進入機

艙後，便關閉了艙門，然後給飛行員打了一個手勢。飛行員心領神會，駕駛直升機從懸停狀態瞬間改為加速爬升狀態。機頭抬起，大馬力的發動機帶動着螺旋槳急速旋轉，而螺旋槳旋轉所產生的升力則拉動直升機迅速爬升。

少年們明顯感覺到身體向後傾，好像要掉下去一樣。他們緊緊地抓住面前的拉環，不知為何都有些緊張。

「不應該啊，我是老江湖了，怎麼會緊張呢？」歐陽山峰自言自語。

秦天瞇眼看着歐陽山峰：「嘴上還沒長毛呢，都敢稱老江湖，真是不自量力。」

夏小米也跟着說：「就是，就是，嘴上沒毛，辦事不牢。」

「男人之間的話題，女生不要插嘴。」歐陽山峰不敢惹教官，轉而向夏小米耍威風。可是，他找錯了人，因為夏小米古靈精怪，三句話就能把他噎死。

「要說秦教官是男人，我承認，但是你呢？」夏小米上下打量着歐陽山峰，看得歐陽山峰直發毛，「你一天到晚嘰嘰歪歪，囉囉唆唆，我看連個男生都算不上。」

歐陽山峰本想反駁，但那樣的話豈不是正如夏小米所說，成了一個「嘰嘰歪歪，囉囉唆唆」的人？為了證明自己是一個男人，最起碼是一個男生，他把要說的話都咽回到肚子裏。

夏小米暗自發笑，心想：就你的智商還想跟我鬥，回你

的海軍陸戰隊再修練幾年吧！

此時，運輸直升機已經爬升到一千米的高空。鳥瞰山林，別有一番景致。綿延的綠色中有幾條被裝甲車輛碾軋出來的黃色道路，猶如一條條盤繞在山野中的巨蟒，格外引人注目。有幾輛裝甲車正疾馳在路上，車後揚起的黃沙如同刮起的黃色旋風。

「如果你們現在正駕駛一架戰機與敵人交戰，突然戰機被敵方的導彈擊中，開始急速下墜，你們該怎麼辦？」秦天突然問道。

少年們正通過舷窗欣賞着地面的景色，一時間沒人反應過來。最終，還是楊大龍先回答：「如果是我，我會儘量駕駛戰機迫降。」

「你有沒有搞錯？戰機被導彈擊中了，而且敵我雙方還在交戰，根本找不到機場可以降落。所以，我會選擇啟動彈射座椅，跳傘逃生。」帥克反駁道。

「其他人的意見呢？」秦天又問。

關悅贊同楊大龍的說法。夏小米贊同帥克的做法。唯獨歐陽山峰不說話。

「你是怎麼想的，快說啊！」夏小米催促道。

歐陽山峰可憐巴巴地看着夏小米：「我不敢說，怕你說我嘰嘰歪歪，囉囉唆唆，不像個男生。」

「你猶豫不決，優柔寡斷，果然不像男生。」夏小米伶

牙俐齒地說。

「要是我，我就跟戰機一起墜落，做個大英雄。」歐陽山峰慷慨陳詞，同時還用期待的目光看着夏小米，希望得到她的肯定。

夏小米搖着頭：「無謂的犧牲。」

「我贊同帥克的說法。」秦天說，「在空戰中，戰機被擊中後，飛行員最正確的做法就是跳傘逃生。當然，飛行員坐在駕駛艙裏，所以他是不能像空降兵那樣背着傘包從艙門跳出去的。他只能啟動逃生系統，艙蓋會自動打開，然後彈射座椅會將他彈出座艙。」

「跳傘有甚麼可怕的？我們特種兵都跳過傘。」歐陽山峰滿不在乎地說，「我還是高跳低開的高手呢！有一次，我從五千米的高空跳下，直到百餘米的空中才拉開降落傘，夠瘋狂吧？」

「我看你是個瘋子，怪不得原來的戰友都叫你歐陽瘋子呢！」關悅用異樣的目光看着歐陽山峰。

「哼哼！」秦天發出一聲怪笑，「既然你們都那麼厲害，下面的訓練我就放心了。」說完，他通過耳機對直升機的飛行員低語了幾句。

少年們豎起耳朵聽，但是由於雜訊太大，他們甚麼也沒聽到。不過，他們已經感覺到了，秦教官說完以後，直升機機頭突然向上仰起，整個機身瞬間傾斜幾乎接近九十度。

這還不是最可怕的，最可怕的是直升機的尾艙門突然打開了。少年們的座椅竟然猛地向艙門的方向滑去。突如其來的變化令他們措手不及，驚恐地發出尖叫聲。

「哈哈哈 ── 」

秦天發出的卻是一陣狂笑。他看到雄鷹小隊的少年們已經從艙門中墜落，在他視線中變成了幾個小黑點。

國防小講堂

運輸直升機

雄鷹小隊乘坐一架運輸直升機執行訓練任務。與前面介紹的武裝直升機不同，運輸機不具備對地攻擊能力，它的任務是在戰場上投送士兵，運走傷兵和運輸補給。最重要的是運輸直升機不受地形限制，能進行垂直補給，所以是現代化戰爭中不可或缺的機動力量。

世界上著名的運輸直升機包括俄羅斯的米格 −26，美國的「支奴干」。特別是美國的「支奴干」直升機，它是世界上唯一的一種雙旋翼縱列式直升機，看上去就像一節會飛的車廂。

　　尾艙門突然打開，而少年們的座椅竟然和他們一起從艙門滑落出去，這一切少年們無論如何是想不到的。

　　原來，座椅下面有一條導軌，而每個座椅的下面都有輪子，當直升機以大仰角飛行時，飛行員按下操作面板上的一個按鈕，就釋放了座椅。

　　此時此刻，少年們連同座椅一起正以自由落體的狀態向地面摔去。雖然他們已經是訓練有素的特種兵，但像這樣防不勝防、生死未卜的突發情況，同樣會令他們驚恐萬分。

　　「啊 ——」

　　驚聲尖叫在空中傳播，就連聽到的人都會膽戰心驚。

　　狙擊手出身的楊大龍一向沉着冷靜，可此時他卻慌亂、

驚恐、尖叫，手腳亂舞，滿腦子都是自己摔在地上變成肉餅的畫面。

冷靜，一定要冷靜。楊大龍一遍遍地跟自己說。他的手開始在胸前摸索，猜測着也許能抓到傘繩，只要有傘繩就說明有降落傘，只要降落傘打開，自己就能安全降落。

可是，一陣摸索之後，楊大龍失望了，或者說是絕望了。確切地說，他摸到了一根繩子，但是用力一拉並沒有起到任何作用，因為那根繩子並不是傘繩，而是安全帶。

安全帶？沒錯，他的胸前有一根安全帶，此時他才意識到自己被牢牢地固定在座椅上。原來，機艙中的座椅和他們一起掉了下來。

說時遲，那時快，他們已向下急速墜落。呼嘯的風聲在耳邊響起，同時楊大龍聽到了一個人撕心裂肺的尖叫聲。循聲望去，他看到夏小米正與自己齊頭並進，一起墜落。

「救命啊，救命啊！」夏小米也看到了楊大龍，拼命地朝他揮手求救。

這個世界上就沒有無畏的勇士，只不過有些人善於偽裝而已。面對死亡，誰又能淡定自若呢？

「夏小米，不要怕，我們不會摔死的。」楊大龍大喊。雖然他心裏也沒底，但還是要儘量去安慰自己的戰友。

楊大龍的喊聲剛落，夏小米便感覺到自己的身後傳來嘭的一聲響，然後身體被猛地向上提了一下。緊跟着，她感覺

到一股強大的阻力，下降的速度隨之放緩。

這一切好像在驗證楊大龍說的話，夏小米長長地吸了一口氣，朝楊大龍豎起大拇指：「你真是金口玉言，果然靈驗。」

此時，楊大龍也被一個降落傘吊着，緩緩地落向地面。他一臉苦笑，心想自己哪有那個本事，還不是他們的座椅暗藏玄機！

降落傘一彈開，少年們就不再害怕了，他們都是跳傘高手。帥克連連拍着胸膛自言自語：「我以為狠心的教官要將我們置於死地呢，看來他還良心未泯。」

降落傘在空中綻放，如同一朵朵美麗的花，在風中緩緩飄蕩。吊在下面的少年們沒了恐懼之心，卻有了幾分閒情逸致。他們俯視腳下，欣賞着鬱鬱蔥蔥的山林，潺潺流動的小河，鑲嵌在綠樹中的一叢一叢的野花，還有腳下飛過的鳥群。

降落傘如同隨風飄蕩的蒲公英，剛剛還額手稱慶的少年們此時卻緊張起來。跳傘並不是在任何地形都適合的，必須選擇在面積較大、地勢平坦的地方。而此時，少年們向地面望去，卻發現腳下是綿延的山林，很難找到大塊的空地。也就是說，他們很難降落到地面，被掛在樹上的可能性很高。

「禽獸教官真是居心叵測，故意選擇在這種地形把我們拋下來。」帥克自言自語，掃視着地面，尋找可以降落的地方。

終於，他看到在樹林中有一塊相對較大的空地，如果能把降落傘控制到空地上方，應該可以安全着陸。於是，他拉動垂下來的傘繩，讓降落傘中的氣流發生改變，從而向着空地上方飛去。

其他人也看到了那片空地，紛紛控制降落傘向那邊飄去。但是，他們發現這片空地時，距離地面的高度已不足五百米，所以留給他們的時間非常有限。

楊大龍首先來到空地上方，開始準備降落。他雙手抱在胸前，兩腿彎曲，身體微微前傾。落地的瞬間，楊大龍下肢彎曲、脊柱前屈，頭朝下向前翻滾着降落到了地面。隨後，他解開束縛在身上的安全帶，從座椅上脫離。兩腳着地的感覺從未如此良好，讓他有一種死而復生般的感慨。

抬頭看去，夏小米就要降落到地面，他趕緊閃到一旁為夏小米讓路。夏小米落地後竟然高呼起來：「感謝秦教官不殺之恩，我一定會湧泉相報的。」她這句話可是另有用意，其實心裏已經把秦教官恨透了。

隨後落地的是歐陽山峰和關悅，唯獨不見帥克的蹤影。夏小米抬頭看着天空，疑惑地問：「帥克呢？不會被大風吹到太平洋上去了吧？」

「太平洋離這裏有十萬八千里呢，最多是被吹到塔克拉瑪干沙漠上空去了。」關悅同樣抬頭望着天空，尋找帥克的蹤迹。

歐陽山峰連連搖頭，心想最毒不過婦人心，這兩位女生可都夠歹毒的，不管是太平洋還是塔克拉瑪干沙漠，帥克落到哪裏都是死路一條啊！

「喂，你們兩個不安好心的女生，我既沒有被吹到太平洋上空，也沒有落到塔克拉瑪干沙漠，我在你們後面。」突然，帥克的聲音傳來。

其他人回頭一看，這才發現帥克正掛在他們後方不遠處的一棵樹上。最慘的是，帥克是頭朝下掛在上面的，臉部因為充血已經變得通紅了。

「哈哈，你真像一塊掛着的臘肉。」夏小米竟然笑起來。

「蝦米，你不來救我，還嘲笑我，虧我一直做你的護花使者。」帥克大喊。

「誰說的，一直是我保護你好不好？」說着，夏小米走向帥克，「你看，現在又是我來援救你了！」

人在屋簷下，不得不低頭。帥克只能說好話：「夏小米，你是雄鷹小隊裏最有正義感的女俠，我等着你來救我呢！」

夏小米像一隻生活在叢林中的猴子，竟然可以在樹枝間自由飄蕩。很快，她來到帥克身邊，掏出傘兵刀朝傘繩割去。傘兵刀削鐵如泥，割斷繃緊的傘繩更是不在話下。

隨着一根根傘繩被割斷，帥克的身體在半空中打了個轉，然後一頭朝地面栽去。栽到地面倒不可怕，關鍵是臉先着地啊，破相了可怎麼辦呢？其實，破相也不可怕，關鍵是

落地之後竟然有一個黑洞洞的槍口指着他的腦袋。而且，他清晰地聽到了子彈上膛的聲音，要是子彈從槍膛裏噴出來，可以直接射進他的腦袋了。

　　是誰把槍頂在了我的腦袋上呢？他會不會開槍呢？

　　砰！

　　帥克正想到這裏，槍便響了。

國防小講堂

彈射座椅

雄鷹小隊的隊員連同座椅一起被突然拋下直升機，其實教官是想訓練他們在戰機遇險時的逃生技能。飛行員在空中逃生靠的是彈射座椅。在飛機失事時，彈射座椅依靠火箭助推器，將飛行員彈射出機艙，然後打開降落傘使飛行員安全降落。

現在作戰飛機一般都裝有彈射座椅，可是早期的戰機並沒有這種逃生裝備。在第一次世界大戰中，一旦飛機遇險，飛行員靠跳傘逃生。但是，隨着飛機速度的提高，飛行員爬出座艙跳傘的難度逐漸增大。第二次世界大戰時，戰鬥機的時速已提高到 600 公里以上，飛行員跳傘要冒着被強風吹倒或被刮到飛機尾翼上的危險。於是，彈射座椅便誕生了。

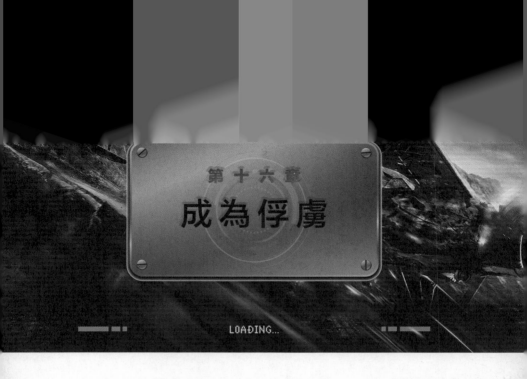

　　槍頂在帥克的腦袋上，而此時他的耳邊又響起了槍聲，換作是誰都會被嚇得魂飛魄散。帥克也不例外，他的身體像摸到電門一樣猛地抖動了一下，心想自己肯定死了。帥克眼前一片漆黑，但卻沒有感覺到疼痛，莫非死亡並不痛苦，而通往黃泉的路也沒有荊棘？他這樣想。

　　「喂，你別裝死，快起來！」帥克聽到一個人大喊。

　　「難道我沒死嗎？」帥克自言自語，並狠狠地擰了自己的大腿一下。好疼，看來我真的沒死。他轉念又一想，不對啊，如果沒死，為甚麼我的眼前一片漆黑呢？

　　「你是不是閻王派來的小鬼？雖然看不到你，但我能感覺到你正張牙舞爪地想把我抓走呢。」帥克回應。

「你是不是有病啊？」還是那個人的聲音，「不睜眼，你能看見我嗎？」

「哈哈哈……」

帥克聽到熟悉的笑聲，好像是夏小米和關悅。他這才意識到自己一直緊閉着雙眼，於是奮力睜開眼皮，這才發現自己依舊臉朝下趴在地上，而身邊正站着一個全副武裝的敵人。

敵人一隻腳踩在帥克的後背上，同時把槍頂在他的頭上，質問道：「你是不是負鼠變的？」

帥克一頭霧水，根本不知道負鼠是甚麼東西。此時，被稱為「百科詞典」的夏小米說：「負鼠是一種比較原始的有袋類動物，主要產自拉丁美洲，最擅長的本領是裝死。當牠被狗或土狼追趕時，會發出嚎叫或嘶叫聲。但是，如果牠被抓住，身體就會瞬間變得癱軟，開始裝死。」

聽了夏小米的話，帥克這才明白，敵人是在說自己善於裝死。他想反駁，但是腦子裏卻被另一件事情佔據着。他想，敵人是突然從哪裏冒出來的呢？於是，帥克抬起頭看去，這才發現關悅和夏小米已經被敵人俘虜。他想，這兩個沒心沒肺的女兵，都成為俘虜了還有心思取笑自己。進行了一番觀察後，他並沒有看到楊大龍和歐陽山峰，於是猜測他倆已經逃脫了。

「別跟他廢話，快把他綁起來。」另一名敵人命令道，

看來他是小頭目。

很快，有兩個人走上來將帥克的手扳到背後用繩子捆起來。敵人都戴着頭套，所以帥克看不到他們的面容。

這一切來得太突然，帥克的大腦運轉速度完全跟不上事件發展的速度。直升機把我們拋下來，本以為會摔死，結果降落傘突然彈出。落地之後本以為化險為夷，卻落入了虎口。難道這一切都是秦教官安排好的？帥克這樣想着。

「把他們押走。」為首的敵人命令道。

帥克、夏小米和關悅被黑洞洞的槍口指着，向密林深處走去。帥克低聲問夏小米：「那兩個傢伙呢？」

夏小米當然知道帥克所指的是楊大龍和歐陽山峰。「他們腳底下抹油 —— 開溜了。」

「真是沒義氣，生死關頭，拋棄戰友！」帥克憤憤地說。

關悅聽到帥克的話，辯解道：「楊大龍不是那樣的人，他肯定會想辦法來救我們的。」

敵人聽到三個人在說話，為首的人命令手下把他們的嘴堵上。其中一個敵人找了半天也沒找到合適的東西，便把自己的脖套摘下來塞進夏小米的嘴裏。

脖套早就被這傢伙的汗水浸透，別提多臭了，夏小米一陣乾嘔，差點吐出來。帥克見另一個敵人也想仿效，趕緊主動說：「我的口袋裏有戰術圍巾，用它堵我的嘴就行。」

敵人在帥克的口袋裏摸了摸，果然掏出一條嶄新的戰術

圍巾。不過，他並沒有把它塞進帥克的嘴裏，而是圍在了自己的脖子上。「謝謝你的新圍巾，我正缺一條呢。」然後，他依舊把自己浸滿臭汗的脖套塞進了帥克的嘴裏。真是賠了夫人又折兵，帥克苦不堪言。

關悅也沒能避免厄運，不過她稍稍幸運一些，因為塞進她嘴裏的脖套要乾淨些。就這樣，他們被押到密林深處，而那裏竟然有幾間木房子。

房子沒有窗戶，所以他們被關進去後，屋裏立刻暗下來。三個人的嘴被堵着，因此無法交流。昏暗的光線下，他們靠到一起試圖互相解開捆住手的繩子。但是，他們發現這是徒勞的，因為繩子是以一種被稱作「死亡結」的方式繫得死死的。從這種打結方式來判斷，把他們抓進來的人不是一般人。這種繩結只有經過特殊訓練的人才會使用，比如特種兵或者野外探險專家。

他們到底是甚麼人呢？夏小米開動腦筋，她可是個絕頂聰明的女生，很快腦子裏便閃現出一連串的線索，又根據這些線索慢慢地編織出清晰的思路。這些人肯定和秦教官是一夥的，他們串通一氣，要把我們整治得死去活來。夏小米這樣想。

的確，從爬上直升機到空中墜落，再到伏兵出現，這一切似乎早有安排。現在，夏小米把逃脫的希望寄託在楊大龍和歐陽山峰的身上，希望他們能來營救被俘的戰友。

此時，歐陽山峰和楊大龍正坐在密林中的隱蔽處一籌莫展。要不是他們兩個機靈，現在也會被關在敵人的小黑屋裏。

　　當時，夏小米正在爬樹，而關悅則站在樹下看着掛在樹上的帥克。一群蒙面人手持步槍，突然從暗處衝出來。楊大龍最先發現了他們，拉着身邊的歐陽山峰轉身就跑。他不是背信棄義，臨陣脫逃，而是想保存實力。他們手無寸鐵，而敵人早就隱藏在此處設好了埋伏，明顯是以逸待勞，佔盡先機。

　　其實，楊大龍的身後也有敵人正在悄悄地向他們靠近。只不過，楊大龍反應迅速，讓敵人撲了個空。所以，敵人舉起槍朝楊大龍射擊。這便是歐陽山峰聽到的槍聲。

　　楊大龍是狙擊手出身，自然知道如何規避射來的子彈。他和歐陽山峰利用樹木的掩護，頭也不回地以蛇形跑撤離。他們一口氣跑了幾里路，見沒有敵人追來，才找個隱蔽的地方坐下來。

　　現在，他們兩個正在商議着該如何營救被俘的戰友。要營救戰友，首先要知道他們被困在何處。楊大龍突然想起了一樣東西，也許靠它可以找到被俘的戰友。

國防小講堂

如何減小被子彈擊中的概率

楊大龍在逃跑時並非沿着一條直線，而是以蛇形跑的
方式來規避敵人射來的子彈，所謂蛇形跑就是路線為
「S」形。

在作戰中，如何才能減小被子彈擊中的概率呢？首先，
士兵要掌握單兵戰術動作，這些動作包括匍匐前進、滾
進、躍進、屈身前進，這些動作結合起來，就會讓射擊
的敵人難以鎖定，從而減小被擊中的概率。此外，士兵
還要學會利用障礙物進行躲避，比如彈坑、溝坎、樹木
等等。這些障礙物能夠遮擋子彈，從而提高士兵的生存
概率。

第十七章

冒死營救

LOADING...

　　帥克、關悅和夏小米已經被關在小木屋裏兩天了。楊大龍和歐陽山峰還沒有來救他們。整整兩天，蒙面的敵人既沒有給他們水喝，也沒有給他們飯吃，甚至都沒有再出現過。他們的身體已經極度虛弱，躺在地上動都懶得動。

　　此時，他們的嘴仍舊被塞着，所以無法相互交流。關悅被餓得精神恍惚，身體飄飄然，腦子裏像走馬燈似的不停地浮現着這句話：在這裏，最舒服的日子永遠是昨天。

　　第一天，報到的時候他們就被偷襲；第二天，遭受冷水的衝擊，在泥潭中翻滾，被迫吃生肉；第三天，他們被從空中拋下，本以為會一命嗚呼，卻死裏逃生；第四天、第五天，被困囚牢，忍飢挨餓，近乎虛脫。

在這裏，最舒服的日子永遠是昨天。現在，關悅已經深深地體會到了這句話的含義。她以前就是特種兵，練就了一身本領，但卻從未經歷過如此嚴酷的訓練。她體會到在獵人特訓營，訓練的不是他們的作戰技能，而是無法被打倒的意志。

歐陽山峰和楊大龍為甚麼還沒來營救戰友呢？話還要從兩天前說起。楊大龍和歐陽山峰擺脫敵人的追捕，隱藏在安全的地方，正在想辦法去營救被俘的戰友。

楊大龍突然想起了一樣東西，有了它就可以找到戰友被關押的位置了。他把這個東西從口袋裏掏出來，歐陽山峰不解地問這是甚麼東西。

楊大龍告訴歐陽山峰，這是一個微型定位儀，可以顯示關悅所在的位置。果然，歐陽山峰看到如同指甲蓋大小的液晶螢幕上顯示着一組數位。他知道這是高斯座標。

「你為甚麼能接收到關悅所在位置的高斯座標呢？」歐陽山峰疑惑地問。

楊大龍微微一笑。「關悅和我曾經都是少年特戰隊的隊員，而關悅之所以被徵召進入少年特戰隊，是因為她的數學天賦。進入少年特戰隊後，關悅一直負責情報破譯。」

聽到這裏，歐陽山峰若有所悟：「你的意思是，高斯座標是關悅發來的？」

「沒錯，關悅破譯了衛星密碼，而且是不止一個國家的

衛星密碼。最關鍵的是，她研製了微型衛星定位儀，也就是我手中的這個小東西。」楊大龍驕傲地說，「以前我們執行敵後作戰任務的時候，互相之間就是通過這個小東西來確定對方的位置，進行協同作戰的。」

依靠這個定位儀，歐陽山峰和楊大龍很快找到了戰友們被關押的小木屋。他們首先藏在暗處觀察，卻發現木屋附近並沒有人負責看守。

「敵人也太大意了，我們快過去把他們救出來。」歐陽山峰興奮地說。

楊大龍一把拉住歐陽山峰：「你不覺得太反常了嗎？敵人怎麼可能如此掉以輕心？這明顯就是一個圈套。」

歐陽山峰也覺得有些反常，心想楊大龍說得對，這一定是敵人的關門捉賊之計。於是，二人並未急着去營救被關在木屋裏的戰友，而是躲在暗處靜靜地觀察。

兩個人在暗處隱蔽了一整天，也沒看見敵人出現。歐陽山峰有些動搖了，低聲問楊大龍：「你是不是弄錯了？也許他們並沒有在木屋裏。」

楊大龍肯定地說：「不會錯，關悅發來的位置資訊從未出過偏差。」

「再這樣等下去，我們就要餓死了。」歐陽山峰的肚子咕咕叫，「我去想辦法弄點吃的，你在這裏等我。」

楊大龍點頭。歐陽山峰轉身離開。日出日落，又是一

天。歐陽山峰抓來一條蛇，掏了幾個鳥蛋，兩個人靠這些充飢，又熬過了一天。此時，他們才理解了秦教官為何逼他們吃生肉 —— 被困敵後時，生火便會暴露自己的位置，如果身上沒有野戰食品，便只能吃生的東西度日了。

「不管怎麼說，我們吃了一些生東西，可是屋裏的人呢？沒見有人給他們送飯，難道就這樣餓了兩天嗎？」歐陽山峰愈來愈懷疑楊大龍的判斷了，他認為敵人比楊大龍想像的更狡猾，木屋裏根本就沒有人。

楊大龍也有些沉不住氣了，對歐陽山峰說：「我去救他

們，你先藏在暗處別動。萬一我被敵人俘虜，你千萬別來救我，而是想盡辦法逃走。」

　　歐陽山峰想要和楊大龍交換任務，但是楊大龍已經衝了出去。只見他以猛獸出擊的速度，瞬間便來到了木屋旁。他身體緊貼着木屋左右觀察，依舊沒有發現任何人。愈是看不到人，楊大龍愈是緊張，因為這一切都太反常了。

　　木門被一把鎖套上。楊大龍撿起一塊石頭，朝鎖砸去。很快，鎖被打開了。他推開木門，進入木屋內。木門被推開後，屋內一下子亮起來。帥克、夏小米和關悅早就聽到了砸

鎖的聲音，正充滿期待地等待着來救自己的人。

「你們果然被關在這裏。」楊大龍難以抑制內心的激動，趕緊把堵在戰友嘴裏的東西取出來。

「我的媽呀，我終於能說話了。」夏小米傾盡全力地往外吐口水，想把嘴裏的臭味吐出來。

楊大龍掏出傘兵刀，準備割斷捆住戰友的繩子。他本以為自己能將戰友營救出去，卻沒想到他的一舉一動早就被一個人看得一清二楚了。

在樹林的另一個地方，停着一輛嚴密偽裝的越野車。在車裏，一個身材魁梧的空軍少校正看着手上的一個平板電腦。螢幕上顯示的則是楊大龍進入木屋前的一舉一動。

「我沒想到這兩個小子能潛伏在木屋附近，足足忍耐了兩天，看來他們的底子都不錯，上級沒有挑錯人。」少校說。他不是別人，正是獵人學校的教官秦天。

秦天為何能通過平板電腦看到木屋附近的情況呢？原來，他早已經在那裏安排了眼線。只不過，這個眼線不是守門的士兵，而是一種高科技的偵察設備。

就在木屋旁的一棵樹上，落着一隻鳥。這隻鳥已經落在樹枝上足足兩天了。因為它看上去就是一隻普通的鳥，不叫也不亂動，所以根本沒有人注意到它。但是，它又不是一隻普通的鳥，而是一隻仿生鳥。也就是說，實際上它是一隻擁有鳥的外形、能夠飛翔的機器偵察鳥。

　　偵察鳥落在高高的樹枝上，頭時不時地動一下。它的兩隻眼睛實際上是高解析度的針孔攝像頭，而它拍攝到的畫面則通過無線信號傳送到秦天手中的接收設備中。所以，秦天並沒有派出任何一個人守在木屋附近，便可以清晰地了解那裏的風吹草動了。

　　「秦教官，楊大龍已經進入木屋，馬上就要把被俘的人救走了。」車裏的另一名軍官說，「我們要不要採取行動，把他們全抓起來？」

　　秦天沒有回答，他覺得這個遊戲愈來愈好玩了。

國防小講堂

仿生偵察機器人

秦天用一隻偵察鳥監視着木屋附近的一舉一動。如今，這種高科技的偵察裝備已經被應用到作戰和訓練中。各種各樣的仿生偵察設備在獲取情報方面發揮着重要的作用。比如，偵察蛇可以在草叢中爬行，近距離接近敵人；又如，一隻老鷹形狀的偵察鳥可以翱翔在高空，俯瞰地面的敵軍動態和戰鬥部署，而如果換作一架普通外形的無人偵察機，它勢必會被敵人發現，並被防空導彈擊落；再如，一條仿生偵察魚可以遊到敵人的軍艦旁竊取情報，甚至發動襲擊。

第 十 八 章
調虎離山

LOADING...

　　秦天通過偵察鳥傳回的畫面，監視着木屋附近的情況。當看到楊大龍進入木屋去解救自己的戰友時，秦天並沒有派人將他們一網打盡，因為他覺得那樣就失去了「遊戲」的樂趣。

　　「放他們走！」秦天通過電台對埋伏在附近的士兵說。

　　士兵接到命令後疑惑不解，但不得不服從秦天的命令。

　　在木屋內，楊大龍已經將束縛戰友的繩子割開了。「終於自由了。」帥克有氣無力，但又兩眼放光地看着楊大龍，「有吃的嗎？我們都快餓死了。」

　　楊大龍無奈地搖搖頭：「吃的沒有，先喝點水吧！」說着，楊大龍把水壺摘下來遞給帥克。

楊大龍擰開壺蓋把水壺遞給帥克，帥克咕嘟咕嘟喝了幾口，然後又把水壺遞到夏小米的手上。楊大龍並沒有急於帶領戰友逃出木屋，而是把頭探出去謹慎地觀察。

　　「把你們關在這裏的人對你們說過甚麼沒有？」楊大龍問。

　　夏小米把水壺交給關悅，連連搖頭，「甚麼也沒有說，把我們關在屋裏就走了。」

　　「真是奇怪！」楊大龍的眉頭又皺成了一條直線，「本以為敵人使用的是甕中捉鱉之計，可我已經進入木屋了，他們卻還沒有出現。看來，他們使用的是欲擒故縱之計。」

　　「甕中捉鱉，欲擒故縱！你愈說我愈迷糊，當務之急是趕緊逃出去，別在這裏坐以待斃了。」帥克不耐煩地說。

　　楊大龍仍舊不肯動身，他認為恰恰相反。敵人沒有道理把他們抓獲後，卻又毫無防範，肯定是別有用心。所以，他決定從長計議，想出一個應對之策。

　　在樹林深處的越野車上，秦天始終在觀察着螢幕上的圖像。他見楊大龍進入木屋後久久不肯出來，心裏開始嘀咕：這個楊大龍會不會猜中了我的想法呢？

　　正在秦天左思右想的時候，螢幕上的畫面中突然出現了兩個人。他們是帥克和夏小米。這兩個人從木屋裏衝出來之後向右一轉，便馬不停蹄地向前跑去了。秦天趕緊命令負責操控偵察鳥的士兵：「快跟上去！」

　　士兵接到命令後，立即啟動偵察鳥的起飛程式。那只隱藏在樹梢的偵察鳥展開翅膀，悄無聲息地飛入空中。

　　從監控的畫面中，秦天看到帥克和夏小米一直往北跑。他開始覺得有些不對勁，心想：為甚麼其他人沒有出現？不好，上當了！秦天突然意識到。

　　帥克和夏小米從木屋內跑出後，楊大龍和關悅並沒有出去，而是在門口仔細地觀察。關悅發現一隻斑鳩從木屋旁的樹上起飛，它的飛行動作有些怪怪的，即使不用拍打翅膀，也能長時間滯空飛行。

　　「原來如此啊！」關悅終於明白了，「那只斑鳩是假的，肯定是秦教官用來監視我們的偵察鳥。」

　　「哼，」楊大龍冷笑一聲，「秦教官果然聰明，用一隻偵

察鳥在這裏監視你們，然後引我們來救援。這樣，他就可以掌控整個遊戲的進程，隨時拋出關卡，想怎麼練我們就怎麼練我們了。」

「幸虧你看透了秦教官的鬼把戲。」關悅佩服地看着楊大龍，「現在主動權發生了逆轉，這個遊戲該由我們來操控了。」

兩個人不緊不慢、大搖大擺地走出木屋，來到歐陽山峰隱蔽的位置。歐陽山峰正一頭霧水，問：「帥克和夏小米怎麼跑了？我們該如何行動？」

楊大龍一臉輕鬆的表情：「現在我們要做的就是找些食物，填飽肚子，然後在這裏守株待兔。」

歐陽山峰自然是滿腹疑雲，但聽了楊大龍的解釋後，不由得伸出大拇指連連稱讚。

在密林中的越野車裏，秦天連連歎息：「大意了，大意了啊！沒想到我竟然中了他們的調虎離山之計！」

原來，秦天看到帥克和夏小米逃出木屋後，以為其他人也會隨後逃出。所以，他命令士兵操縱偵察鳥一路跟蹤。可是，後來他發現其他人竟然沒有出現。這就意味着，其他人已經從別的路線逃走了。現在，通過偵察鳥他只能監控帥克和夏小米的行蹤，而其他人的行蹤卻無法監控了。

帥克和夏小米一口氣跑出了幾公里。他們太餓了，一點力氣都沒有了，只好坐在樹下休息。「你說，楊大龍的計策

能管用嗎？」帥克問夏小米。

夏小米喘着粗氣回答：「我看差不多，那小子有點本事，第一天晚上就智擒教官，今天又是他把我們救了出來，估計後面會有一場好戲看。」

帥克苦笑道：「但願吧，不過我認為秦教官也不是省油的燈，這裏畢竟是他的主場。」

在越野車裏，秦教官看到帥克和夏小米坐在樹下，更加肯定了自己的判斷。於是，他命令道：「劉排長，你立刻帶幾個人到木屋那裏看看，最好能把其他幾個傢伙抓回來。」

「是！」劉排長立刻讓幾名戰士戴上頭套準備出發。

秦天朝他們喊：「不用戴頭套了，他們已經識破了你們的身份。」

劉排長帶人走後，秦天又派另一名姓王的排長帶人去抓帥克和夏小米。

帥克和夏小米正在樹下坐着，看到十幾個人形成包圍圈向他們走來。這兩個人一反常態，坐在樹下紋風不動。他們在按照楊大龍的計謀行動。臨走時，楊大龍告訴他們，秦教官肯定會派人去抓他們，而他們不必反抗，只需束手就擒。雖然帥克和夏小米不理解楊大龍為何讓他們這樣做，但是他們相信，只要被秦天派來的人抓走，至少能吃上一頓飽飯。

當秦天派來的人把帥克和夏小米圍住的時候，讓他們不敢相信的是，這兩個人竟然連眼皮都不抬地說：「你們終於

來了。我們已經等你們好久了。」

負責帶隊的王排長不由得向後退了幾步，竟然懷疑這是一個圈套。

「你們不必多疑，這裏沒有圈套。」夏小米說，「我們只是餓得跑不動了而已，所以甘願被你們抓回去。」

說完，帥克和夏小米緩緩地站起來，把手往前一伸，那意思是：把我們綁起來吧！就這樣，夏小米和帥克被這些人押着向秦天所在的地方走去。

這些人，包括秦天，都沒有想到這個遊戲已經不再由他們掌控。雄鷹小隊的「逆襲」即將開始！

軍用電台

秦天在車內用電台向士兵下達命令。電台是軍隊在作戰行動中通信聯絡的主要工具，而且往往使用的是密語通話。

電台的種類很多，有單兵電台、班用電台，還有分隊和指揮機關使用的電台，其主要區別在於傳播的距離和頻率不同。電台的使用頻率一旦被敵人掌握，己方的通話也就會被監聽到，所以使用電台時往往採取「跳頻」的方式，不斷改變頻率，以避免被敵人監聽。另一種防止被監聽的方式就是使用通信密語，這樣的話，即使通話被敵人監聽到，敵人也無法聽懂。

　　劉排長奉命帶人去木屋處，企圖抓回楊大龍、歐陽山峰和關悅。劉排長一刻也不敢耽擱。他是秦教官的下屬，已經在秦教官的領導下操練了一批又一批的特訓營員。不過，這次他有一種不祥的預感——被操練的可能不是受訓隊員，而是教官。

　　很快，劉排長便帶領士兵來到木屋。門是開着的，他迫不及待地衝進屋內，可屋裏一個人也沒有。「報告秦教官，那三個人並不在屋裏。」

　　越野車裏，秦天狠狠地將拳頭砸在自己的膝蓋上。「果然中計了，要是栽在這幾個小屁孩手裏，以後我可怎麼在獵人學校混啊！」

「秦教官，我們該怎麼辦？」劉排長問。

秦天沒有立即回答，而是陷入了沉思。在面前的螢幕上，他看到帥克和夏小米已經被抓到，正在被士兵押着往回走。

「劉排長，你仔細觀察地面的痕迹，看看那三個傢伙往哪個方向跑了，最好能追蹤到他們。」秦天說，「我馬上命人控制偵察鳥協助你的追蹤行動。」

「明白，我們馬上行動。」劉排長走出木屋，仔細觀察地面上的腳印。地面的腳印清晰，是朝兩個方向去的。很明顯，其中一個方向是夏小米和帥克逃走的方向，劉排長判斷楊大龍他們是朝另一個方向逃走的。

「朝這邊追！」劉排長一馬當先追了出去。

就在劉排長帶領戰士來到木屋的時候，有幾個人正藏在暗處嚴密地觀察着他們。這幾個人就是楊大龍、歐陽山峰和關悅。原來，他們並沒有逃走，而是隱蔽在此處伺機而動。這便是楊大龍的高明之處。

楊大龍故意製造了假的逃離痕迹，而劉排長果然上當了。看着劉排長帶領戰士們離開了，躲在暗處的三個人不由得發出竊笑。

「楊大龍，真看不出，你還是個計謀高手呢！」歐陽山峰佩服地說。

「哪是，我們少年特戰隊出來的人個個都是神機妙算的

小諸葛。」關悅倒是得意起來，好像這個計謀是她想出來的一樣。

劉排長已經帶人離開了，歐陽山峰按捺不住，起身準備離開。楊大龍一把拉住他，低聲說：「稍安毋躁，還有一個該來的沒有來呢！」

歐陽山峰不解：「你說的是誰？」

楊大龍搖頭：「你等着看吧，答案很快就會揭曉。」

楊大龍就像「預言帝」，果然沒有多久，他的話就得到了驗證。一隻斑鳩飛了回來，落在屋頂上，頭竟然可以三百六十度旋轉。

楊大龍按住歐陽山峰，叮囑道：「千萬不要動，這是一隻仿生偵察鳥。」

歐陽山峰緊緊地趴在草叢中，一動也不敢動。那隻偵察鳥在屋頂落了片刻，便展開翅膀飛過樹梢，在木屋附近盤旋了幾周，才戀戀不捨地離開。

楊大龍抬起頭謹慎地觀察，見偵察鳥已經飛走，這才放心大膽地站起來。「暗中觀察已經結束，現在我們該直搗黃龍了。」

歐陽山峰早就等不及了。他衝出草叢，大聲說：「天將降大任於斯人也，必先苦其心志，勞其筋骨，餓其體膚。我就是承擔大任之人！」

關悅看着歐陽山峰的背影，笑出聲來。「別擺那個遭雷

劈的造型了，我們要快馬加鞭，趁秦教官把人派出來之前，給他來個釜底抽薪。」

楊大龍早就觀察清楚了，他發現偵察鳥飛來的方向和剛才那隊人來的方向完全一致。再根據地上的腳印，他已經判斷出秦教官隱藏的方位了。

「哼哼，到了一決勝負的時候了。」楊大龍冷笑一聲，全速向前奔去。

在另一個方向，帥克和夏小米正在被秦教官派出的人押着往回走。「哎喲，我的肚子疼死了。」帥克突然捂着肚子，倒在地上。

「你怎麼了？」帶隊的王排長問。

帥克翻着白眼：「餓，我快餓暈了。」

王排長歎了一口氣，對身邊的士兵說：「這兩個傢伙也夠慘的，好幾天沒吃東西了，把你們帶的野戰口糧分給他們一些。」

兩名士兵各掏出一袋速熱口糧，分別遞給帥克和夏小米。兩個人眼睛放光，就像貓見到老鼠一樣，迫不及待地撲上去。

「你這個人心眼不錯，不像那個比禽獸還壞的秦天。」說着，帥克撕開速熱口糧的包裝袋。然後，他擰開一名士兵的水壺往包裝袋裏倒了一點水。

「各位，雖然你們在秦教官的脅迫下不得不用非一般的

方式訓練我們，但是從根源上說，我們畢竟是一面軍旗下的親密戰友。」帥克滔滔不絕，「反正現在你們已經完成任務了，也不用急着趕回去了，不如坐下來歇息片刻。我和夏小米也好踏踏實實地吃一頓安穩飯。」

「你小子要是把油嘴滑舌的功夫變成作戰本領，估計在獵人特訓營就無人能敵了。」王排長看着帥克，「我就給你們五分鐘的時間，吃完我們馬上趕路。」

「五分鐘？」帥克瞪大眼睛，「有沒有搞錯？速熱食品加熱至少需要五分鐘，即使我們不怕燙，吃完它也還需要五分鐘吧！吃完飯，總該去解決下個人問題吧？還需要五分鐘。」

「是啊，是啊！」夏小米在一旁跟着說，「五分鐘的確太緊張了。」

「好吧，好吧，那就十分鐘。」王排長妥協了。

帥克轉頭朝夏小米詭異地一笑，他們的陰謀得逞了。兩個人坐在地上，不緊不慢地打開已經加熱好的食品，像品嚐頂級美味那樣在口中細細地咀嚼。

此時，在密林的越野車上，秦天也在吃着野戰食品。當個教官也不容易，需要運籌帷幄，才能決勝千里。他一邊吃着乾燥的壓縮餅乾，一邊拿起水壺喝了一口水。面前的螢幕上顯示的不再是帥克和夏小米這邊的情況，而是劉排長帶人追蹤楊大龍他們的情況。

畫面上顯示，劉排長帶領士兵沿着蹤迹一路追趕。可

是，已經半個多小時過去了，劉排長仍未追到楊大龍他們。

　　秦天愈想愈覺得不可思議，不禁自言自語：「難道他們不翼而飛了嗎？」一口壓縮餅乾噎在他的喉嚨處，令他連續咳嗽了幾聲。突然，他的眼睛一亮，似乎想到了甚麼。

國防小講堂

戰地偽裝

能打還要會藏，只有藏得好才能保全自己，這可是消滅敵人的前提。傳統的偽裝就是改變人或者武器的外形和圖案，使其融合在環境中，從而使敵人難以發現。比如，士兵穿的迷彩服，就是最簡單的偽裝衣；又如，裝甲車會塗成各種迷彩色，就是為了與周圍環境的色彩相一致。

現在，這些傳統的偽裝方法已經無法對抗先進的偵察技術了。所以，一些新技術開始被應用在偽裝上。比如，能夠吸收雷達波的材料；又如利用光學折射原理，改變裝備的外形，甚至使其「隱身」。

第二十章
光榮的代號

LOADING...

　　秦天被噎得夠嗆，連喝了好幾口水才緩過來。他想起了雄鷹小隊到獵人學校報到的第一個晚上。那天，他本來想偷襲雄鷹小隊，結果反被楊大龍擒獲。此時此刻，冥冥之中，秦天感覺到那晚的情景還會重演。

　　想到這裏，秦天放下手中的壓縮餅乾，拿起車載電台的對講話筒開始呼叫：「王排長，你們怎麼還沒回來？」

　　此時，帥克和夏小米剛剛吃完野戰口糧，還賴在地上不肯起來。這是楊大龍事先交代的緩兵之計，也就是要他們盡量拖延時間，這樣秦教官的大本營才會沒有兵力，楊大龍他們也才能乘虛而入。

　　「報告秦教官，還有兩三公里的路程我們就到了。」王

排長回答。

「怎麼這麼慢？你們在路上睡了一覺嗎？」秦天很惱火。

王排長趕緊解釋：「那兩個傢伙好幾天沒吃沒喝，身體很虛弱，所以走不快。」

「你們別被那兩個小鬼給騙了，快點帶他們回來。」秦天朝着話筒大吼。

王排長的耳朵被震得嗡嗡作響，他本想再說些甚麼，電台卻沒了聲音。顯然，憤怒的秦天已經切斷了聯繫。王排長把怒火撒在帥克和夏小米身上，朝他們吼叫：「你們兩個懶驢已經吃飽喝足了，趕緊給我起來！」

帥克還是不肯站起來，懶洋洋地問：「我們到底是驢，還是馬啊？」

「你小子少貪嘴！」王排長朝帥克的屁股狠狠地踢了一腳。他穿的可是硬梆梆的陸戰靴，這一腳踢得帥克直接跳了起來。

「你穿的是鞋還是刀子啊？好像刺進肉裏一樣疼。」帥克捂着屁股，「我們都是戰友，你也忍心下此狠手？」

王排長命令戰士們押着帥克和夏小米繼續往前走，只要他們放慢速度，就會被「佛山無影腳」關照一番。

在越野車裏，秦天憤憤地將對講話筒丟在副駕駛座上。然後，他再次拿起放在身邊的平板電腦，觀看偵察鳥傳回的畫面。劉排長帶領士兵已經追到懸崖旁，要不是他及時懸崖

勒馬，便會掉下去了。說是懸崖，但並不高，只不過比較陡峭而已。

「秦教官，我們好像中計了。」車載電台裏傳來劉排長的聲音，「那幾個傢伙製造了假痕迹，我們已經追到絕路了。」

「兵不厭詐！」秦教官惡狠狠地吐出這幾個字，仿佛已經把它們嚼碎了。「幾個菜鳥竟然把我這只老鷹給騙了，呵，呵呵，呵呵呵……」他連聲苦笑着。

突然，車門被人猛地拉開。「秦教官，別來無恙啊！」歐陽山峰突然出現在秦天的面前。

秦天倒是異常冷靜，坐在車裏沒動，因為就在剛剛和劉排長通完話的時候，他就已經預料到了這一幕，只不過這一幕來得太快而已。

秦天也不去看歐陽山峰，只是默默地看着車外，心裏有些不是滋味。他畢竟是獵人學校的教官，是專門打獵的，而今天卻被獵物反咬了一口，你說他心裏能痛快嗎？

「天不下雨，天不颳風，天上有太陽；地上流水，地上長草，地上抓螞蚱。」歐陽山峰瘋言瘋語，「風水輪流轉，明年到我家。」

「閉嘴！」秦天爆發了，「少得意，要不是我故意放你們一馬，你們早就 GAME OVER（遊戲結束）了。」

關悅打開副駕駛座的車門，坐到副駕駛的位置上，一邊

拿起秦天扔在上面的壓縮餅乾，一邊說：「秦教官，火氣不要那麼大嘛，我們之所以能反敗為勝，還不是因為您調教有方？」

楊大龍和歐陽山峰也拉開車門坐到後面，在車上翻找食物，大口地吃起來。秦天被氣得臉色鐵青，瞪着牛眼生悶氣。

偏偏就在此時，王排長和戰士們押着帥克和夏小米也趕回來了。隔着車窗，王排長沒有看到車裏的其他人，大聲向秦天報告：「秦教官，我們把帥克和夏小米抓回來了。」

秦天肚子裏的火就像被澆上了一桶汽油，一下子冒到喉頭，估計就是把高壓水槍塞到他的嘴裏，也無法撲滅燃燒的火焰。

「報告，秦教官，我們把帥克和夏小米抓回來了。」王排長以為秦天沒有聽見，又大聲地報告了一次。

秦天猛然推開車門，朝王排長怒吼：「我又不是聾子，用得着報告兩次嗎？」

王排長一肚子委屈，他哪裏知道每一次報告都是對秦天的一次羞辱啊！

車門推開之後，王排長看到了坐在車裏的楊大龍、歐陽山峰和關悅。他們正悠然自得地坐在車裏，吃着秦天的口糧。這一瞬間，他似乎明白了一些。

「秦教官，他們怎麼會在這裏？也是被抓回來的？」王

排長還是忍不住問了一句。

這句話就像一把尖刀狠狠地刺在了秦天的心裏。他暗想：你到底真不明白，還是裝糊塗啊？這不是在我的傷口上撒鹽，而是在撒玻璃碴啊！

秦天沒有回答，王排長便知道答案了，也就知趣地不再問了。

「通知劉排長，讓他們回來吧！」秦天有氣無力地對王排長說。

「是！」王排長接着問，「那他們兩個呢？」

秦天看了看帥克和夏小米。這兩個人一臉壞笑，笑得秦天渾身不自在。「上車吧！」他輕輕地一擺手。

「謝謝秦教官！」帥克和夏小米的眼神裏充滿得意。他們拉開車門，與其他人勝利會師。

劉排長帶領戰士們回來後，秦教官命令所有人乘車返回獵人特訓營的野外訓練場。

後來，雄鷹小隊的隊員才明白，秦教官之所以安排這次訓練，是因為空軍飛行員在空戰中，如果駕駛的戰機被擊中，就不得不啟動彈射座椅，跳傘逃生。跳傘之後，飛行員往往會落入敵佔區，也就會面臨被俘，甚至是被殺的危險。所以，他們必須學會在敵佔區隱蔽、求生、逃脫的本領。

雖然這次訓練讓秦天有些失望，當然，他對雄鷹小隊並不失望，而是對自己失望。他在想，自己怎麼就沒鬥得過那

幾個小屁孩呢？究竟是自己輕敵，還是他們太狡猾呢？

　　毫無疑問，雄鷹小隊不愧是從全軍挑選出來的精英，不僅戰鬥技能出眾，謀略同樣過人。有勇有謀，才是空軍未來精英部隊需要的人才。

　　獵人集訓並沒有結束，秦天也並沒有因為兩次被俘而對雄鷹小隊有所關照，相反，他變本加厲，以更殘酷的方式繼續訓練這些少年。

　　獵人集訓結束的時候，雄鷹小隊的隊員真的是被剝了一層皮，但他們都頑強地堅持了下來，成為最後的勝利者。

　　在獵人集訓的結業儀式上，空軍少將雷司令，特意趕來為他們頒發代表着雄鷹小隊身份的唯一徽標。

　　楊大龍，代號「翼龍」；夏小米，代號「黃雀」；歐陽山峰，代號「白頭翁」；關悅，代號「雨燕」；帥克，代號「戰鷹」。

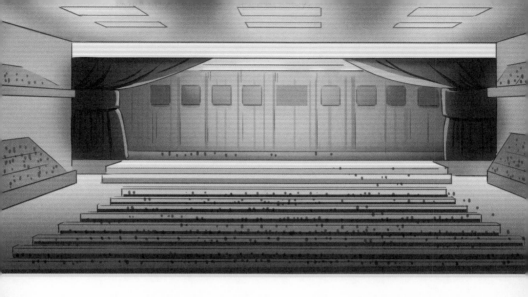

　　每一枚徽標都繪有獨一無二的圖案，它們是雄鷹小隊的身份象徵，更是一名軍人至高無上的榮譽。獲得這枚勳章，需要付出常人難以想像的艱辛；維護這枚勳章的榮耀，更需要堅持不懈的努力。

　　結業儀式過後，一架最新型的旋翼機出現在獵人學校的上空，並緩緩地向訓練場的空地上垂直降落。

　　雄鷹小隊的少年們背起行囊，向秦教官告別。「『禽獸』教官，我們會想你的。」夏小米的眼眶濕潤了，淚水已經淌出了眼角。

　　「我也會想你們的。」秦天朝隊員們揮手，「你們是我訓練過的最出色的隊員，沒有之一。」

　　雄鷹小隊的少年們登上旋翼機，隔着舷窗向秦天揮手。旋翼機升入空中，他們俯視着這個如同地獄般的地方，回想着曾經歷的魔鬼訓練，各種滋味湧上心頭。

軍人就是這樣，一個背囊走天下。他們即將奔赴空軍航校，成為真正的空軍戰機飛行員。在那裏，有他們日思夜想的各種先進戰機，有一飛衝天的速度與激情，有捍衛祖國藍天的光榮使命。

國防小講堂

殲 −20 戰鬥機

殲 −20 是中國自行研製並裝備的最新型戰鬥機，這種戰鬥機將與中國空軍的殲 −10 和殲 −11 戰鬥機築成強大的空中長城，捍衛領空。

當然，殲 −20 戰機資料目前還處於嚴格的保密階段，不過可以先看看它的外形，一睹為快。它可是當之無愧的空中美男子喲！

戰鬥機是軍用飛機中的格鬥勇士，為甚麼這樣說呢？因為它的主要任務就是與敵方戰鬥機進行空戰，奪取制空權。此外，它還用於攔截敵方轟炸機、攻擊機和巡航導彈，還可攜帶一定數量的對地攻擊武器，執行對地攻擊任務。可見，空中格鬥是戰鬥機最擅長的本領。

一、容易混淆的概念

　　普通人提到「戰鬥機」這個概念，所指的戰鬥機範圍往往很廣，基本包括所有的軍用飛機，這是因為他們對軍用飛機的分類不是非常清楚。其實，戰鬥機是一個特定範圍的軍用飛機。

　　戰鬥機在過去包括殲擊機和截擊機。殲擊機的主要任務是快速地升空之後爭取高度，在敵人的轟炸機進入己方空域之前將對方摧毀。而截擊機是針對飛行高度較高的轟炸機群進行攔截，在設計上特別強調速度與爬升率，運動性則擺在較為次要的地位。

　　隨着導彈技術的逐漸成熟以及大量配備，截擊機的特性往往可以由傳統的殲擊機加上導彈來滿足。因此，現在已經不再專門發展截擊機機種了。也就是說，戰鬥機以前是殲擊機和截擊機的總稱，現在因為沒有了截擊機，戰鬥機和殲擊機是同一個概念了。在中國則習慣將這一機種稱為殲擊機，如殲 15。

二、戰鬥機的發展歷程

　　戰鬥機的發展從嚴格意義上說只有兩個時代：活塞式時代和噴氣式時代。世界上最早的專門用於空戰的戰鬥機由法國人雷蒙·桑尼埃研製，該機是在「莫拉納·桑尼埃」L型單翼機上加裝固定式機槍而成，其駕駛和射擊均由飛行員一人完成。

　　第二次世界大戰期間，出現了當時許多優秀的戰鬥機，如英國的「颶風」、「噴火」；美國的 P-38「閃電」、P-51「野馬」；德國的「梅塞施米特」Me109；日本的「零」式；蘇聯的伊 -16、雅克 -1 等。

英國「颶風」戰鬥機

噴氣式戰鬥機

1939 年 8 月 27 日，德國人研製的世界上第一架渦輪噴氣式戰鬥機 —— 亨克爾 He178 進行了首次試飛。1941 年 5 月 15 日，英國的第一架渦輪噴氣式戰鬥機 E28/E29 也試飛成功。同年 12 月，意大利的 CC-1、CC-2 渦輪噴氣式戰鬥機亦完成了從米蘭至羅馬的飛行。噴氣式飛機的出現使戰鬥機進入了一個全新的時代。

　　誕生於第二次世界大戰後的噴氣式戰鬥機，主要作用是空中作戰。但由於當時的噴氣技術尚未成熟，某些性能還比不上活塞式戰鬥機，所以生產量不大，戰績也不顯著，沒有改變活塞式戰鬥機一統天下的局面，噴氣式戰鬥機的真正崛起，是在第二次世界大戰結束之後。

三、戰鬥機的「輩分」劃分

　　戰鬥機的分代有許多不同的分法，俄羅斯將本國的戰鬥機分為五代，也有把世界戰鬥機分成六代的，但普遍的分法是將世界現役戰鬥機分為四代。

　　第一代戰鬥機的機載設備和武器系統簡單，最大平飛速度小，不能超音速平飛，升限、加速性和爬升率不高。第一代戰鬥機的代表機型有：蘇聯的米格 –15、米格 –17；美國的 F–84、F–86 等。

蘇聯米格 –17 戰鬥機

美國 F-111 戰鬥機

　　第二代戰鬥機是指 20 世紀五六十年代研製的超音速戰
鬥機。這一代戰鬥機的最大特點是突破「音障」和「熱障」。
世界上公認的第一架超音速戰鬥機是美國的 F-100「超佩
刀」。蘇聯第一架超音速戰鬥機是米格 -19。第二代戰鬥機
的主要特點是飛得更高、更快。但是它們的缺點也很明顯：
一是亞音速機動性能不好，甚至還比不上第一代；二是起
降滑跑距離長，多數超過 1000 米；三是體形小、載油係數
低，航程和外掛能力明顯不足；四是機載電子設備比較簡
單，全天候作戰能力有限。這一代代表機型較多，主要有：
美國的 F-4、F-104、F-111；蘇聯的蘇 -15、米格 -21、
米格 -23、米格 -27 和中國的殲 -8 等。

第三代戰鬥機無論是在技術上還是在性能上均比上一代有了很大提高。這一代戰鬥機普遍採用了複合材料、鋁鋰合金、翼身融合體、大推重比的渦扇發動機、適合機動空戰的機翼，具有下視能力脈衝多普雷達、電子對抗系統等先進的技術和設備。第三代戰鬥機的水準和垂直機動性、加速性、最大超載、作戰半徑、遠距離探測能力、全向攻擊能力、電子對抗能力、全天候作戰能力等方面均有了大幅提高。

在第三代戰鬥機發展過程中，機載武器的性能也取得了空前的進步。超視距發射使用的空對空導彈改善了抗干擾的性能和靈敏度，具備了上射和下射能力。它還可兼顧對地攻擊任務，可以攜帶各種鐳射制導、電視制導、紅外制導、被動無線制導的導彈或炸彈。第三代戰鬥機的主要機型有：美國的 F-14、F-15、F-16、F/A-18；俄羅斯的蘇 -27、米格 -29；法國的「幻影」2000 和德英意合作的「狂風」等。

第四代戰鬥機可以在更遠距離發現並識別目標，並對多個目標進行跟蹤和實施超視距攻擊。而為了保護自己，這些戰鬥機除了配備性能良好的雷達、導彈來襲預警、自主式電子對抗設備外，多數機型還採用了隱形措施，使之具有隱形能力，而且可以短距離起降，可靠性和維修性都有很大提高，同時還具有超音速巡航能力。典型的機型主要有美國的 F-22、F-35，中國的殲 -20 等。

法國「幻影」2000 戰鬥機

美國 F-35「閃電」II 戰鬥機

四、戰鬥機的未來

　　戰鬥機有一些令人驚奇的發展趨勢，概括起來有以下幾個關鍵字：無人、隱形、垂直起降、會動的「翅膀」。

　　無人戰鬥機是未來戰鬥機發展的一個方向。無人戰鬥機的體積要比有人駕駛戰鬥機小很多，而且不用設計與飛行員

無人戰鬥機

相關的設備，如座艙、座椅、生命保障系統等，因此研製和
設備維修費用大幅降低。此外，其雷達波反射面積很小，隱
形效果明顯。無人戰鬥機的機動性能也有較大幅提高，因此
可以在極短的時間內做出各種規避動作，有效地躲避對空武
器的打擊。

垂直或短距離起降也是未來戰鬥機發展的一個趨勢，因為現在的戰鬥機對機場的依賴程度很高，這就極大地限制了戰鬥機的使用。世界上第一種垂直起降戰鬥機是由英國霍克・西德利公司於 1966 年研製成功的「鷂式」戰鬥機，它能夠垂直或短距離起飛和在空中懸停。「鷂式」戰鬥機可大大減少對跑道的依賴，提高作戰佈置的靈活性。在 1982 年發生的英國與阿根廷之間的福克蘭群島戰爭中，英國艦載的「海鷂」式戰鬥機面對數量比自己多一倍、速度比自己快一倍的阿空軍的「幻影」Ⅲ型戰鬥機，依靠優異的機動性能，以 12：0 的殺傷比在空戰中取得了輝煌的戰績。

　　「隱形」戰鬥機已經出現，但技術還有待提高。隱形戰鬥機的外形、塗料等方面做了特殊處理，使得用於對空警戒的雷達、紅外線等現代探測裝置難以發現，這種戰鬥機可隱

英國「鷂式」戰鬥機

美國 F-117 隱形戰鬥機

蔽接近敵人，達到出其不意攻擊敵機的目的。世界上第一種真正的隱形戰鬥機是美國研製的 F-117 隱形戰鬥機。

改變戰鬥機飛行時的機翼後掠角，也就是使飛機的「翅膀」動起來，也是未來戰鬥機的一個發展趨勢。戰鬥機大部分採用大後掠角的機翼，這種機翼和平直機翼相比，更有利於高速飛行，但低速飛行時性能不好，轉彎半徑大，起飛和着陸滑跑距離比較長。於是，研究人員開始研究能在飛行時改變機翼的後掠角度的飛機，着陸和低空飛行時呈平直翼型，在高速飛行時呈後掠翼型或三角翼型，較好地解決飛機低速和高速飛行性能的矛盾。